恕我年少荒唐 还你似水年华

年少轻狂

朱凌锋 著

四川文艺出版社

图书在版编目（CIP）数据

年少轻狂 / 朱凌锋著. — 成都：四川文艺出版社，
2015.9
  ISBN 978-7-5411-4164-5

  Ⅰ.①年… Ⅱ.①朱… Ⅲ.①长篇小说－中国－当代
Ⅳ.①I247.5

中国版本图书馆CIP数据核字(2015)第220010号

年少轻狂

年少轻狂 NIANSHAOQINGKUANG

朱凌锋　著

策划编辑	林　子　陈　靖
责任编辑	王其进　王筠竹　林　子
整体设计	蒋宏工作室
责任校对	舒晓利

出　　版	四川文艺出版社（成都市槐树街2号）
印　　刷	北京中科印刷有限公司
成品尺寸	148mm×210mm　1/32
印　　张	7.5
字　　数	150千
版　　次	2015年11月第一版
印　　次	2015年11月第一次印刷
书　　号	ISBN 978-7-5411-4164-5
定　　价	49.00元

恕我年少荒唐·还你似水年华

年少
轻狂

年少
轻狂

❶

七月，毕业季。

一场青春的盛宴，终究需要一个仪式来加冕和纪念。

毕业，虽然算不上是青春的杀手，但最起码也是个小刺客，在四年一千多个日子里无数次怨恨毕业遥遥无期之后，毕业就这么悄无声息、突如其来地出现在了眼前，青春年少的男男女女们犹如迎接末日狂欢般肆意享受美好而又有些伤感的时光。

吐故纳新，每年都在大学校园里周而复始，比女性生理周期更加准确且无情。今年的这届毕业生，还记得当初作为新人进入南海大学时，那些师哥师姐们传承下来的谆谆教诲：大学四年要完成"四个一"工程，"翘一次课，挂一次科，参加一个社团，最重要的就是，谈一次恋爱"。等他们照本宣科将这些内容传达给一批批新人的时候，自己竟成了故人。于是，被学校"哇"地一下"吐"到了社会的染缸里，从此之后，恐怕就再也不能像现在这样肆意地挥霍青春、挥霍爱情、挥霍时光了。

罢了，罢了，都十八岁好几年了，终于要品尝一下成年人的生活了，希望也好，无奈也好，兴奋也好，失落也好，这些统统先抛到脑后。毕竟熬到六十岁退休，还有三十多年的时间——万一一不留神成了国家干部或专业人才，那得有四十多年的时间，足够品味和腻味的。

还是抓住当下吧。可当下的问题是，这四年里，光顾着向学弟学妹们传达精神了，光顾着和舍友打双扣、斗地主了，这"四个一"工程有多少还没有完成啊？

就剩下这最后几天了，该翘课的也翘了，该挂科的也挂了，没经历过的也没机会了。学校总不能耗费人力、物力，在每年毕业之前临时安排一个零学分的课程，就为了让您翘课和挂科使吧？

唯一多少还有些希望的就是谈一场轰轰烈烈的恋爱。套用央视体育解说的经典用语，"留给自己的时间不多了"，能否在最后几天，用"迅雷不及掩耳盗铃儿响叮当之势"迅速攻陷高地，实现诺曼底登陆？

算了，别做空想主义者了。还是抓紧时间狂欢吧！也许，说不定，狂欢的时候，一切的一切，便都迎刃而解了。

❷

　　上午十点，校园里的每个角落都已经被各系的毕业生们圈地占领了。

　　毕业生们排排站留影纪念的程序已经完成，接下来就是真正属于毕业生自己的时间。也不知道从什么时候开始，毕业生们已经不满足于按部就班的固定模式：小个儿女生在前面，大个儿男生站后面，听话的学生总是露出甜美的笑容，不听话的学生也无可奈何，只能在眼神中透露出自己的桀骜不驯。

　　如今，这些模式还在继续，但更多是为了给学校领导和老师们面子，而充满个性的创意毕业照，让毕业生们投入了巨大的热情。每年的毕业照不但会让校园里的男生女生们激动不已，通过微信朋友圈的快速传播，甚至能在社会上引起轩然大波。当然，主要是女孩子们的。她们有穿旗袍的，有穿民国装的，有裹床单的，有 Cosplay 各种经典电影人物和场景的，不过，传播率最高的还是穿比基尼、穿空气的。

校园里已是人声鼎沸，到处充斥着欢笑与尖叫。人群中有两个男生不断穿梭于各个群体之间，一个激动不已，不断指指点点，赞叹着这个伟大的时刻——当然，在他眼里，时时都是伟大的时刻；另一个扛着摄影机，不断追随着前一个人的指点，捕捉着稍纵即逝的瞬间，用影像记录着这个伟大的时刻。

他们就是今年导演系的应届毕业生，胡多多和邓小余。胡多多自从大一开始，就立志要拍摄伟大的电影，他一直认为自己天生就是为艺术而存在的，所以他很愤怒，又始终充满激情。这种
执拗的坚定和理想

主义感染了邓小余，他决定跟随胡多多，帮助这个导演完成一部伟大的作品。于是大学四年当中，到处都能看到这两个人的奇怪组合：一个豪情万丈地走在前面，看着眼中的一切都保持着兴奋，认定自己所经历的一切就是最伟大的时刻，还不停分析着影像背后的艺术高度和哲学意义；另一个亦步亦趋地跟在后面，小心翼翼地记录着这些伟大时刻的片断，尽力感受着这一切背后的意义。四年下来，素材拍了不少，影片也编了不少，但似乎都与伟大无缘。不过，这两个人成功赢得了一个响亮的外号——"多余组合"。邓小余有时也会开个小差，产生犹疑：这个胡多多是不是就是那个大战风车的堂吉诃德啊？那自己不就成了骑着驴的桑丘了？每次思考之后，他得到的答案都是：不会！原因是胡多多根本没有堂吉诃德那样的骑士精神，而且他也一定会拍出伟大的作品。

胡多多已经挤到了最热闹的地方，现场乐队演奏着欢快的乐曲，舞台中心正在进行着一场 Cosplay 的现场秀。各色人等，粉墨登场，或风情万种，或另类非主流，每一个人的出现，都会引起一阵尖叫和哄笑。

胡多多又激动了："看见没有？看见没有？这就是赤裸裸的表达与

倾诉。将自己的身体装进另外一个人的身体，通过他人的角色来表达自己的价值，通过别人的身体来展现自己的灵魂。伟大啊！艺术啊！哥们儿，明白了吗？这就是伟大的艺术！这就是伟大的美！美的身体，美的青春！"胡多多说到最后，不断用手掌拍着邓小余的后背，搞得镜头中的画面一阵抖动。

悸动过后，邓小余开始仔细思索如何用镜头语言完成导演的要求：美、身体、青春……很快，邓小余就找到了最为贴切的表达方式，于是，摄影机的镜头也就从一个女生的胸部转到另一个女生的胸部。

"这简直就是飞机场啊。"邓小余不满意，"这年头都怎么了？打小吃炸鸡翅，不是都应该激素过剩吗？"

终于，邓小余找到了最佳的对象。尽管还没毕业，但那条深深的"事业线"却足以预示此人未来的前途，简直无法限量。

他将镜头慢慢上抬，可又觉得哪里不对，是不是焦距没对准啊？调整之后，最终发现这条"事业线"的拥有者竟然是一个戴着学士帽男扮女装的丑男人！

邓小余吓了一跳，眼睛移开取景器后，脑子还是一阵眩晕。他想找胡多多控诉，这又不是拍周星驰电影里的如花。可四下寻找，发现胡多多已经穿过人群，向旁边的草坪走去。

邓小余扛着摄影机一路小跑跟了上去，蓝天白云之下的一片草坪上，躺着男男女女不少人。胡多多正仔细观察着草坪上的人们，邓小余和胡多多并肩站在一起，不知道这个神奇的导演又在做着怎样的美学思考。

"这是什么玩意儿？"胡多多突然提出了一个哲学命题。

邓小余看了看，原来是天文系的毕业生，正躺在草坪上用身体拼出一个造型，忙得不亦乐乎。

"什么情况？以色列国旗啊？天文学跟犹太人有什么关系？"这就是邓小余眼里的胡多多，即便是自己不知道的问题，也会问得那么有文化。

"这是六芒星。"邓小余解释道。

胡多多听了之后，猛地歪头，瞪大双眼，诧异地看着邓小余，停顿片刻之后哈哈大笑："什么玩意儿？流氓？"

"什么流氓啊，是六芒！"邓小余手里比画着说，"你没看有六个角吗？"

"听着还是像流氓，"胡多多继续念叨着自己命名的称谓，"这流

氓就是夜空中最亮的星？"

　　"别老胡说，这六芒星其实跟天空没什么关系。"邓小余停顿了一下，突然自己也乐了，"其实你说流氓还真差不多，这个标志最初就是源自女阴崇拜。"

　　胡多多的眼睛瞬间就冒出亮光，如果是晚上看，一定是绿光。"真的？那要是咱进到这流氓……不是，六芒星里面，那不就是……哥们儿，这可是伟大的行为艺术啊！"胡多多说完，就开始小心避开脚下的身体，往六芒星的中心走去。来到中心，胡多多奋力向上跳，一次比一次卖力。

　　邓小余盯紧取景器，也从六芒星身体的空隙走过，尽力捕捉着这场行为艺术的各种细节。尽管在他心里，这行为跟艺术无关，倒真像纯粹的流氓。

胡多多不断变换着姿势，邓小余也扭曲着身体变动着位置。突然，邓小余觉得脚下一软，随之而来的是"啊"的一声惨叫，原来他没注意踩到了一位女同学的纤纤玉手。邓小余忙说："对不起！对不起！"赶忙向后撤身，结果又听到一声悲惨的大叫。

此时，几个天文系男生已经从地上站起来，对闯入禁区的两个人怒目而视，这六芒星眼看就要变成武侠小说里的天罡北斗阵。还是导演反应更快，见势不妙，大喊一声："跑！"

邓小余跟在胡多多后面狂奔，穿过两边的人群。

右边是建筑系的毕业生，几乎是清一色的男生，偶尔出现一个女生，那容貌也是不敢恭维，完全可以用车祸现场般惨不忍睹来形容。也不知道是谁的提议，所有人都戴着安全帽，弄得大家也搞不明白，大学四年的专业学习，培养出来的究竟是设计师还是农民工？

左边那儿是教育系的天下，集体穿着海魂衫，戴着红领巾。一不留神还以为是克隆出一大堆的何勇呢。看此情景，脑海里出现的根本不是什么"师者，所以传道授业解惑也"，倒是在耳边响起了"姑娘，姑娘，你漂亮漂亮；警察，警察，你拿着手枪"。

"多余组合"实在是跑不动了，回头看看，所幸没人追上来。两人猫着腰撑着腿喘了半天，气喘匀了，抬头一看，前面就是游泳池。二人对视一眼，邓小余重新扛上机器，二话不说，十分默契地往泳池边走去。

突然一对新人闯入画面，是两个坚守爱情誓言，履行一毕业就结婚诺言的毕婚族。男的西装革履，女的白色婚纱，刚刚海誓山盟完。看到这个，邓小余就来气，自己连爱都没恋过呢，人家就把婚都结了，着什么急啊？又不是赶着投胎，多慎重考虑考虑，过几年再说不行吗？这么着急，没准是奉子成婚。可一想到是奉子成婚，邓小余心里就更来气，伸出一只手，拨开了面带怒色的新郎新娘，从他们两个人中间穿过。

眼看着又惹怒了别人，胡多多赶忙上前道歉："对不起！早生贵子，贵子！"边说也边从这对新人中间穿过。

终于来到了泳池边，泳池里漂浮着几个学士帽，乍看还以为是谁把

它扔水

里了呢，忽然学士帽一动，

几个身材曼妙的体育系女生从水中窜出，当

真是出水芙蓉般的美景啊。此时的邓小余也不用等胡多多的美

学分析了，自动自发地开始记录起眼前的美，镜头自觉地不停拍摄女生

的胸部。

醉心这旖旎春色之时，一对颤动的胸肌挡在了镜头前。邓小余还以

为真有哪个女生为艺术献身呢，瞬间就意识到不对，将镜头上摇，一个

体育系壮男正怒目圆睁，瞪着镜头背后的邓小余。邓小余立刻意识到，这跳动的胸肌，绝对不是来自于情爱的挑逗，而是意味着一场雄性间的决斗。他急忙转身，发现胡多多早已逃之夭夭，紧接着就感受到来自背部的猛烈冲击波。"啊！啊！导演……救我，不要跑。"

得亏体育系壮男并没真打算置邓小余于死地，他迅速逃离了这片极具诱惑又充满危险的地方。追上胡多多，正打算指责他的不仗义，还没开口，发现已经来到了艺术系的地盘。

艺术系的女生们正在展现自己的风情万种，她们将学士服用夹子一夹，直接改成了晚礼服，摆出性感女神玛丽莲·梦露的姿势站成一排，露出大腿，石榴裙下一群男生拿着吹风机不断吹着裙子。

在这些姑娘中，刘婉异常出挑，高高的个子，长长的头发，婀娜的曲线，妩媚的眼神，简直就是艳光四射。看见刘婉，邓小余瞬间体会到了胡多多念念不忘的美学真谛，将镜头定格在刘婉身上。镜头中的刘婉更显娇艳动人，不经意间就将女神范儿展现得淋漓尽致。

就在邓小余在刘婉身上醉心流连的时候，镜头却被胡多多的手拉到

另一边。"看！是她！推上去，推。"邓小余本想反抗，发觉镜头中出现的是邱樱子的脸。这张脸和刘婉相比，简直就是两种截然不同的风格，她并没有浓妆艳抹，清雅淡然的妆容平添些许含蓄之美。

邱樱子发觉镜头正对着自己，原本愉悦的微笑陡然消失，丛生幽怨，眉头紧锁，俨然没有了刚才的好兴致，甚至还痛苦地转过头，回避着捕捉自己的镜头。原本想回过头重新寻找刘婉的邓小余，也不想再转移镜头了。因为邱樱子一直是一个谜一样的人物，一个艺术系的漂亮女孩，偏偏对镜头充满了抗拒，大学四年，几乎没人能留下她的任何影像资料，让所有人都大惑不解。如今都快毕业了，正好赶上这个机会，邓小余也不想错过。

看着邱樱子的刻意躲避，胡多多也着急了："追上去拍啊！给正脸！给正脸！"说着胡多多就不由自主地往前面冲过去。

邓小余通过镜头看到了胡多多疾步向前的背影,这时才发现，也不知道什么时候，胡多多的背后被人用

便利贴贴了张纸，

纸上写了两个英文字母，一个是"S"，另一个当然就是"B"。

3

喧嚣一天，月亮爬上了枝头。白天还整体作战的"集团军"，早已化整为零，纷纷在学校周边的大排档重新划分自己的"势力范围"。

哥们儿闺蜜，啤酒撸串，似乎成了临毕业那段时间每天的必修课程。显然，大家参与的热情比大学四年的任何一门课程都高得多。

慨叹时光飞逝，追忆似水年华，展望美好未来，分享八卦绯闻，这些环节和程序每天都在进行，但所有参与者都乐此不疲。四年生活中任何一件有趣的事情或细节，会不断地有人提及，尽管被重复了很多遍，也没有人会觉得厌倦。

一般情况下，聚会进行到一定程度后，就剩下喝酒了，变着法儿、找各种借口喝酒。因为对往日的不舍，因为对未来的忐忑，该说的都已

经说了，该做的都已经做了，也笑过，也哭过，也不知道再该如何表达自己的情感，于是，一切就都在酒里了。

此时，几个艺术系同学的大排档晚宴就已经进入到了这个阶段。喝酒的方式也很简单，在桌子上转着空酒瓶，瓶口指向谁，谁就干杯酒。

酒瓶在桌上飞快地旋转着，所有人都瞪大了眼睛看着最终的结果。当酒瓶速度减慢的时候，每次瓶口指向自己，都让人心跳不已。终于，酒瓶还是缓慢地停下了脚步，瓶口指向邱樱子。

此时的邱樱子，早已因为酒精的作用，满脸红霞，神色之中也是充满醉意。酒精在她的身体里不断流转，似乎产生了什么化学反应，也让邱樱子与白天时候的含蓄美反差极大，眼角处平添了许多女性的妩媚。

看到中招的又是邱樱子，众人开始起哄："来！樱子，干杯！"

随即有人迅速将酒杯递到邱樱子面前，邱樱子接过满满一杯啤酒，尽管从态度上她想一饮而尽，但从身体反应上，确实有些力不从心。

西西问道："樱子，你还行吗？"

邱樱子鼓足了劲儿，将酒杯往嘴边送，可一闻到那股啤酒味道，实在有些受不了，一仰头，似乎要吐，得亏她又努力地克制回去了。

此时老 A 用左手一把抢过邱樱子的酒杯，有人开始起哄："又有你的事儿！她到底是你什么人啊？"

其他人也都开始不怀好意地哄笑，纷纷叫嚷："就是，交代清楚！"

老 A 看了一眼大家，朗声说道："哥们儿嘛，有福同享，有酒我挡。"此话说完，就将手中满满的一杯酒一饮而尽。

众人有拍巴掌叫好的，也有拿老 A 和邱樱子起哄开玩笑的。

邱樱子有些不好意思，对着老 A 嗔道："谁跟你是哥们儿啦？"此话一出，所有人瞬间安静，睁大眼睛瞅着邱樱子和老 A，期待着她说出什么爆炸性的新闻，结果邱樱子却憋出一句："明明是闺蜜嘛。"

又引起一阵哄笑，有人说道："下不为例，下不为例啊！"又开始转起了桌上的空酒瓶。

老 A 和西西是邱樱子的死党。怎么给老 A 起了这么个外号，谁都说不清楚其中的渊源了，有人曾对此专门讨论过，总结了 N 种版本，可感觉没有一个是靠谱的。反正已经叫了这么多年，反正也就是个代号，也就没人再深究，有些事儿成为千古不破的未解之谜，也是件挺好的事儿。

老 A 人好，平时话不多，可偶尔蹦出一句两句的，就是"毒舌"。但他为人厚道、实在，也懂得照顾人，能让周围的人都觉得舒舒服服的，标准的暖男一枚。老 A 最风光的时刻，就是在篮球场上的时候，因为他天生是个左撇子，并不常见的运球及出手方式，让对手防不胜防。但俗话说："男人不坏，女人不爱。"这话还是有点道理的，因为老 A 人太好，

所有女

孩子都拿他当大哥哥，见面就递

上"好人"牌，压根儿就没人往男女朋友方面考虑，也让

老 A 的爱情之路，在还没开始的时候就已经结束了。当老 A 和邱樱子、

西西成为死党的时候，还有人开过玩笑，说老 A 艳福不浅，一个温柔动

人，一个青春另类，活脱脱的齐人之福。但之后，没有人再拿这个说事儿，

因为谁都知道不可能。

　　西西是个乐天派，整天嘻嘻哈哈，没个正形儿。她也没能在大学的

四年生活里找到自己的爱情，原因很简单，她是个女汉子。跆拳道黑带的功夫可不是闹着玩的，举手投足都是英姿飒爽的劲儿，所有男生都望而却步，这要万一闹个别扭吵个架，自己还不丢胳臂断腿啊！

至于邱樱子，的确让人不解，论模样，论身材，绝对算是艺术系女生中的翘楚。性格上尽管时不时犯点"二"，但也是温柔可爱，楚楚动人。按说应该是在校园里最抢手的类型，可偏偏就没有"人约黄昏后"的时候。

三个死党，整天黏在一起，一个大哥哥，一个女汉子，一个小鸟依人，形成了一个颇为奇葩的组合。但他们相互做伴，都成了没有完成"四个一"工程的大学毕业生。

转酒瓶的游戏还在继续，这回转到一个女同学面前。这个女同学却将酒杯放在一边："我喝可以，但我要问在座的一句话，如果真当我是姐们儿，在座谁是滕先生的儿子，就站出来！或是哪个知道他是谁，也要说出来。不然的话……"

话没说完，西西就直接打断："你喝多了吧你，在座的都是屌丝，合在一起就是屌西斯，复数！"

众人一片唏嘘。

滕先生是南海大学尤其是计算机系里的传奇，二十多年前在学校的时候就是个风云人物，当时不少人就预言将来他会成为一个传奇。果不其然，毕业之后滕先生开始创业，崭露锋芒，事业直线上升。恰逢其时，滕先生正好赶上互联网风起云涌的年代，他的门户网站和各种互联网产品迅速抓住了青春少年们的心，可以一天不吃肉，但绝不可能一天不用滕先生的杰作。再后来，他成功登陆美国纳斯达克，股票市值连连翻倍，

滕先生也就成了名副其实的亿万富翁。成功之后的滕先生还热心公益，支持青年创业，俨然成了广大有志青年的精神导师。在他们眼里，滕先生就是神，他们是在追随神的脚步，希冀着自己将来也能成为神。

理想永远丰满，现实总是骨感。当大家都已明白神与人是有区别的时候，一个令人抓狂的小道消息在南海大学里飞速流传：滕先生的儿子就在这届学生当中！可究竟谁是神之子，就没人能揭开这个谜题，不但这届学生里就没人姓滕，翻遍了微信朋友圈，就算福尔摩斯、柯南附体，都没发现丁点儿蛛丝马迹。于是也有人在质疑这个传闻的真实性，也有不少人压根儿就不愿相信这是真的，要不然自己不是太悲催了。人家是滕先生的儿子，天生就是含着金钥匙的人，有父亲的保驾护航，岂不是前途一派光明。自己只能从最底层做起，需要超出寻常的努力奋斗不说，究竟能不能混出来，还需要谁也说不清楚的运气。这天壤之别的刺激实在太大，因此每次要是有人提起此事，总会引起大家的唏嘘不已。

"你们唏嘘什么？"提起此事的女同学说道，"超级大富豪的儿子潜藏在我们之中四年，难道你们就一点儿都不好奇吗？我可不想带着这遗憾毕业。"

想知道如何，不想知道又如何，人家始终真人不露相，即便传闻是真的，又能怎样呢？还是西西快人快语："好奇又如何？你还想在这毕业出校当口，傍上这超级少爷的大腿？这届里就没一个姓滕的，说明了什么，就算真有这个人，人家也不想让你随随便便知道！放弃吧，喝！"女同学无奈，将杯中酒一饮而尽，西西又喊道："Next！"说完，就将摆放在桌子中央的空酒瓶一拨，酒瓶又开始快速旋转起来。

所有人又都伸长脖子，盯着酒瓶的走向，只有邱樱子一直低着头。说来也怪，就在别人热情探讨滕先生和他的儿子的时候，邱樱子一直低头不语，她仿佛就是个"无神论者"，对滕先生及其一切相关事物全都保持无所谓的态度。更让同学们疑惑的是，艺术系毕业的女孩子，哪个不想成为镜头中的主角，成为别人目光中的焦点？可邱樱子偏偏是个另类，总是喜欢躲在角落担当配角，尤其是面对镜头，有着强烈的抗拒感和恐惧感，似乎总希望别人把她忘了才好。

可天永远不遂人愿，瓶口不偏不倚地再次定格在邱樱子面前。老A

瞪了眼西西，西西想要说些什么，却欲言又止。

看见这么一个捉弄人的结果，邱樱子故作生气地对西西说："西西，友尽了啊。"

有人开始替邱樱子解围："哎，邱樱子，你还没说这大学四年里，你还有什么遗憾呢。这样吧，你说出来，就免酒了。"

还没等邱樱子反应，有人嘴快地说道："嗨，这还用问？她肯定是遗憾没人追呗。"

这话引起同学的一阵哄笑，多年养成的默契让老 A 和西西齐刷刷地瞪着多嘴的人，厉声呵斥："胡说什么呢！"

多嘴的同学一吐舌头，急忙找话："你们知道星巴克是什么吗？那就是一个以咖啡为主题的自拍照相馆。肯德基、麦当劳呢，是以薯条汉堡为主题的洗手间。大学，就是以校园为主题的婚姻介绍所。可……唉……"

就在老 A 和西西刚想出言制止的时候，邱樱子已经仰头一口饮尽杯中酒。西西和老 A 都不敢出声了，只剩下面面相觑。

没想到邱樱子将酒杯往桌上重重一放，豪情万丈地说："今儿，咱不醉不归！"

众人齐声附和："好！"

大排档沸腾了，一瓶瓶啤酒被启开。老 A 看了一眼疯狂的邱樱子，她正豪爽地抽出一瓶啤酒，搁在自己面前。西西随即附和，分别在自己和老 A 面前都摆上一瓶。众人叽喳欢笑着。

也不知道喝了多久，根本算不清楚喝了多少瓶，这场聚会已经到了尾声，很多人都喝大了，邱樱子更是已经喝断片儿了。她早就不知道谁是谁了，一把就抱住了老A，很认真地问道："为什么没有人追我？！"

老A有些手足无措，见他没有任何回答，邱樱子转身抱住西西，脚下有些踉跄的樱子差点摔倒，却拼尽全力地大喊道：

"为什么没有人追我？！"

❹

夜已深，校园里已经没有了白天的喧嚣，恢复了往日的静谧。

校园小径旁的路灯散发着幽幽的光芒，偌大的校园空空荡荡，只有在深处的角落里藏着些许伴侣，互诉衷肠，卿卿我我。

一派祥和浪漫的场景中，突然出现了一个不和谐的身影，一步三晃、左右摇摆着，如孤魂野鬼般跟随身体引力到处乱闯。此情此景，倒真应了那阕著名的词："酒醉不知归路，误入校园深处，呕吐，呕吐，惊起鸳鸯无数。"

　　这个人就是已然烂醉如泥的邱樱子，酒醉而归之后，所有人都早已进入梦乡，唯独她始终无法成眠，再加上酒精的作用，竟然踉踉跄跄、毫无意识地在校园里乱逛。走累了的邱樱子一屁股坐在马路边上，轻声地喃喃自语："为什么？为什么？……为什么没有人追我？"

　　这个问题，她已经追问了四年，起初还能找到些借口和安慰的话，可随着毕业的逐步临近，追问的频率也就越来越高，情感也越来越强烈，只是往日还管用的借口和安慰，也变得越来越

苍白无力。

恍惚之间，邱樱子感觉有人来到眼前，她缓缓地抬起头，迷离的眼神根本无法聚焦，尽力眨了眨眼，眼前出现的好像是一个青蛙的形象。难道青蛙王子真的出现了？没错，这个青蛙从模糊到清晰，越来越清楚了。

"青蛙王子，你知道我等了你多久吗？四年，四年啊！你终于还是来了，是吗？"邱樱子努力睁大眼，对着青蛙自言自语。

"你怎么不说话？你都出现了，干吗不说话？你来了就好，有人追我就好。"说罢，邱樱子动情地一把抱住青蛙王子，四年的遗憾，终于在毕业的最后一刻得到了弥补。不过，这画面"美"得实在让人无法直视。原来邱樱子席地而坐，抱着一只青蛙造型的垃圾桶，错把这个东西当成了等待四年的王子。

邱樱子也感觉到"怀中人"没有任何回应，十分冷淡，她慢慢放开怀抱，十分不解地看着自己的"如意郎君"："你怎么了？……什么？我？我是谁？……你不知道我是谁？"

邱樱子随即傻笑起来，声音很大，大得有些不真实："不认识我？不可能，我就是一个大笑话！进大学那天就是全校的大笑话！大笑话！"

强烈的情感爆发，也带动了身体的剧烈反应，感觉一股异物从身体的深处往外翻涌，邱樱子把整个头都埋进了垃圾桶里，伴随着一阵呕吐声后，她终于感觉舒服了点。但身体上的缓解，并没带来感情上的解脱，一阵发泄之后，邱樱子感觉到了伤心和委屈，也无力再把自己带往什么地方，就只留下自己的背影在夜灯下抽泣。

其实，一切都是四年前的往事，但这段往事在邱樱子的心头留下了深深的伤痕，始终没有完全愈合。四年里，无论是自己还是别人，哪怕只是一句无心之语，只要稍有触及，都会引起邱樱子的心头阵痛。跟邱樱子相熟的人，都努力回避着，邱樱子也努力忘却着，就好像什么都没有发生过一样。但曾经沧海难为水，发生过的事情是无法改变的，更何况，那件事还留下了证据。

证据就是一段视频，视频中的女主角就是邱樱子，她正和一个男生站在校园的湖边，两个人就像小情侣吵架般互相拉扯。由远及近，听清

楚两个人在说什么、闹什么，才明白两个人之间绝非普通吵架闹别扭那么简单，而是一场事关分手的拉锯战。

那个男主角叫居帅，这个名字真没起错，人如其名的帅。他是邱樱子的男友，准确地说，是马上就要成为邱樱子前男友的人。居帅长得帅，光凭相貌就能够成为广大少女的梦中情人了，更难得的是他还有一张能说出任何甜言蜜语的嘴，未经多少世事的女孩就越发为他神魂颠倒。尽管年龄不大，身边的女孩已如走马灯般变化。直到他遇到了邱樱子，似乎那颗朝秦暮楚的心终于找到了适合的归宿，他向邱樱子展开了猛烈的爱情攻势，最终捕获了邱樱子的芳心。彼时，这一对璧人简直成了他人眼里金童玉女的典范。有不少人看好他们的未来，认为理想中的爱情不过如此。

但美好总是短暂的，这次湖边相约，邱樱子还以为又是一场浪漫的约会，谁知居帅开口一句就是："我觉得我们之间不合适，还是分手吧。"这当头一棒就把邱樱子打晕了，毫无征兆，没有一点点防备，就收到了爱情的死亡通知书。樱子不解，想要居帅给出理由，可居帅却迟迟说不

出来，只是一遍遍地说着分手。看来，他已经铁定了心，这会儿也不是要来商量，而是来通知她的。

邱樱子哭了，哭得很厉害，怀疑居帅劈腿，猜测有人插足。尽管居帅没有正面回答，但其实她猜对了，一场新欢旧爱的俗套故事，就这么简单地在邱樱子身上发生了。邱樱子感到伤心、委屈、羞愧……种种负能量都涌上心头，若说自己貌若无盐也就罢了，要说自己河东狮吼也能理解，可偏偏自己什么都没做错，怎么会有这种洒狗血的事情发生在自己身上呢？她怀疑那个女孩一定有问题，所以她不能让居帅走，她要留住男友，也要留住爱情。

邱樱子情绪激动地拉住居帅，周围已经挤满了看热闹的人，她要尽自己最后的努力，留住两个人之间的感情，也要保留自己的尊严。

可居帅不为所动，他今天要的就是一个结果，哪怕代价再大也在所不惜。他不耐烦地奋力甩开邱樱子，随之而来的是"扑通"的巨大声音。居帅一回头，没看到邱樱子，只看见一个巨大的水花。原来邱樱子失去平衡，不小心跌入湖中，一阵乱扑腾之后，才发现湖水只是没过自己的腰际。

　　浑身湿透的邱樱子就站在湖水中，痴呆呆地看着居帅。她觉得居帅无论如何也会跑过来把她抱上岸，他还不至于恩断情绝到没有人性的地步。她甚至暗暗对自己说：如果他能来救她，如果他真的决定分手，不再改变，自己也就好说好散。她看见居帅动了，邱樱子又否定了自己的想法：说明居帅对自己还有感情，两个人还可以继续……谁知居帅是朝相反的方向走去，撇下邱樱子，扬长而去。

　　邱樱子脑子里一片空白，她是怎么上的岸，后来发生了什么，统统都不知道了。

　　视频中的邱樱子就好像是一只落汤鸡，眼睛空洞地望向远方，眼泪不停地涌出，和湖水混成一片。西西搂着邱樱子，拨开议论纷纷的人群。而在人群当中，还有老A的身影，发生的一切，他也都看在眼里。

　　这段视频一度在学生间疯传，带来的结果就是大学四年里，没有人追邱樱子，尽管她很漂亮。而且这是她第一次出镜，是女主角，但这不是演戏，而是最为真实的生活。也正因为这个原因，邱樱子从此开始抗

拒镜头，

不愿再成为女主角。

　　这就是那段不堪回首的往事，在当年
的校园里，可是件爆炸力十足的桃色新闻。当然，此事对邱
樱子的内心来说，爆炸性不亚于加量不加价的 TNT 炸药。四年里，她
让这件事搞得千疮百孔、身心俱疲。终于就要毕业了，隐藏了这么多年
的感情终归要爆发，就让它在这充满浪漫气息的校园里爆发吧。

　　深夜中的校园，有多少对情侣在甜蜜，就有多少孤单的人在伤心。

当然，还有人在忙碌，为自己的未来忙碌，为自己的爱情忙碌。

　　暑日的太阳总是早早就出来上班，不解风情地叫醒酒醉的人们。

　　当然，也有人早就开始了忙碌，胡多多和邓小余这两个"多余"的人就是如此。昨晚的大排档晚宴他们一个也没参加，一直忙了大半夜，今早又从天一亮就开始工作。因为今天对于他们来说才是最重要的，他们早已决定在校园的最后一天举行一场盛大的展映盛典，将他们的作品

公之于众，充分展现自己的艺术才华，享受观众的追捧与崇拜。他们多年的努力与付出，就是为了如今这个倍享荣耀的巅峰时刻。所以他们没有时间玩闹，没有时间享乐，更没有时间谈恋爱。

早上八点三十分，盛大的展映盛典如期举行，就在学校里的演汇中心，上百人的礼堂已经被胡多多和邓小余布置一新，舞台上的大屏幕上方，挂着霸气侧漏的红色横幅，上面写着"导演班毕业作品展央"。没错，就是如此，也不知道是横幅供货商投机取巧，质量不过关，还是这两个工作人员的疏忽，"映"字的"日"字边已经垂了下来，就那么摇摇晃晃地悬在半空。

无论如何，作品还是展映了，而且非常成功。伴随着一阵山呼海啸般的掌声和闪瞎狗眼的闪光灯，胡多多上身穿着皱巴的西装，戴着绿色领结，下身穿着一条破洞短牛仔裤，露出志得意满的微笑，向着台下缓缓挥手。

掌声一直久久未能停息，伴随着胡多多一直走到舞台中央的立式麦克风前。"谢谢大家！谢谢大家！"胡多多的致辞，终于让掌声渐渐无声，胡多多清了清自己的嗓子，继续说道，"有人对我说，在电影里搞艺术是没有前途的。因为电影是商品，是用来消费的。今天，我用这部作品向那些人还击和证明，艺术是永恒不死的！电影是艺术的！"

胡多多说得一句比一句铿锵有力，尤其是最后几句的掷地有声、凛然正气，让人恍惚以为他是准备慷慨就义的民族英雄。喊完口号之后，胡多多故意停顿了一下，但看台下没有什么反应，颇为不满，于是用余光瞥了眼台下的邓小余。

邓小余明白，这是冷场了，如此重要的盛典怎么可能允许这种事情发生。他赶紧高举双手，进行领掌的工作。台下再次响起掌声，还是那样的热烈和持久。

胡多多很满意，也很高兴，继续致辞说："昨夜我一夜未眠，罗列了长达三百八十二个人名，他们是伴随我走过艰难艺术之路的各位。"说到此处，胡多多往台侧看了一眼，点头示意，"主持人刚刚提醒我了，要注意时间。所以，我精简一下，感谢组委会和评委会，感谢我的女神安吉丽娜·朱莉，谢谢我的男神，也就是安吉丽娜·朱莉她老公，知道

是谁吧？"胡多多很欣赏自己的美式幽默，也多亏了他的这种幽默，才在炎热的天气里，不需要开空调。导演的感谢词还在继续，"谢谢老给我开门儿的宿舍大爷，最后也是最重要的，就是把我带到这个世界，让我能畅游艺术海洋的，世上最伟大、最智慧与最美貌的——胡先生和胡太太！哈哈哈哈……"

　　掌声再次响起，而且还伴随着欢呼

声和尖叫声，热烈的场面不亚于奥斯卡颁奖典礼。胡多多向台下展

开双臂，享受着这个巅峰时刻，多年的付出，辛苦的努力，搭上多少时

间和精力，这一切都在这一刻变得足够值得，自己的才华终于被人认可，

未来的道路将更加辉煌。今天，他从南海大学的演汇中心起步；未来，

迎接他的将是戛纳的红地毯以及奥斯卡的小金人……

　　就在胡多多激动的时候，掌声、欢呼声戛然而止，取而代之的是苹

果手机熟悉的来电音乐。邓小余急忙放下闪个不停的相机，拿起电话。

一看到打来的电话号码，邓小余就是心中一惊，但又不得不接，刚摁下接通键，听筒里就传来财务老师的大嗓门："我说，你们今天都是在学校的最后一天了，你们借的那些机器什么时候还啊？"

虽然对方看不见，但邓小余依然是一副点头哈腰的赔笑模样："是是是，明白明白。机器用完就还，您放心，肯定在离校前还上……"

此时的胡多多已经在台上气急败坏，一切掌声欢呼声都来自于音效的穿帮，让他愤懑不已，一动不动地怒视着邓小余。邓小余看见导演已经出离愤怒，也不敢继续面对着他，扭回身捂着电话频频点头，继续毕恭毕敬地对空气露出笑脸。

胡多多愈发不满，站在台上抬起腿做出踢邓小余的样子，不想到发现台太高根本够不着，随即往回收，在重心后移之时，重重地摔在台上。

听到舞台上发出巨响，邓小余料想又出了什么舞台事故，急忙转身观看。看见导演失足了，也知道自己的工作没有做好，赶忙挂断了电话，示意导演可以继续。

胡多多爬起来后，指了指邓小余，但为了保持自己的风度，也就不再深究。整理了一下自己的衣服，胡多多继续着自己的演讲："我继续啊，像我们这种有深厚艺术积淀的电影，只有曾在黑夜哭泣过的人才能欣赏得了。比如在座的这位大爷，他那沧桑的外表，忧郁的眼神中泛着泪水，他一定在我们的电影里找到了人生的共鸣，你看，他被击中了！被我深深地击中了！"

镜头转过，上百人的看台空空如也，除了胡多多和邓小余之外，只有一个大爷是观众。其实他是看门大爷，要不是因为这俩"多余"的人早上起来拼命砸门，这位看门大爷还正美滋滋地睡着回笼觉呢。大爷坐在台下，不停地打着哈欠，擦着因哈欠而挤出的眼泪。

听到台上不停嘚啵的学生叫了自己，大爷也就不再客气，站起身来，身上挂着的一大串钥匙叮当直响。"那个，我说这小伙儿，"大爷一口浓重的山东青岛口音，"完事儿没啊？完事儿我要锁门啦。"

观众的反馈有点超出导演的预期，但毕竟是见惯了大场面的人，瞬间就调整了自己的情绪。准备继续发言的时候，又看见邓小余一直盯着手机，不知道被什么内容吸引了。胡多多咳嗽了一声，提醒邓小余要随时保持工作状态。

谁知邓小余根本不为所动，突然发出一阵惊叹："导演！出大新闻了！"

胡多多实在是忍无可忍了，本来精心准备的"盛典"却被各种突如其来的状况弄得如此七零八落。导演再也克制不住，将风度和涵养扔到了一边："你这是耳朵长脚后跟外加嘴长肚脐眼了啊？闭嘴，别打扰我！"

就在胡多多发飙的时候，邓小余已经跑上了台，将手机递给胡多多。

胡多多一把接过手机，最初他是想把手机砸了，他瞥了一眼手机，为的是能快速计算出自己是不是赔得起，谁知一不留神看到了手机里的内容。多年培养的敏感性，让他迅速意识到这则新闻的重要性和爆炸性，不再考虑自己的盛典了，转身撒腿就跑。

邓小余开始还没反应过来，愣了片刻后，紧跟而去。

看见两个迅速撤离的学生，大爷有些诧异，不过这么多年看到这么多稀奇古怪的学生，早让大爷可以从容面对、见怪不怪了。他也朝大门走

去，边走还边自言自语："这片子，还真不错！"没想到看门大爷给出这么高的评价，这话要是让胡多多听到，还不乐出眼泪来，好评率百分之百啊。大爷伸了个懒腰，继续说道："只要看五分钟，就能睡着。"

这……

❻

显然，一大早开始忙活的不止胡多多和邓小余，计算机系的周游也在一大早就闯进了专业老师付明的办公室。

与"多余组合"为自己加冕和庆祝不同，周游是为了自己不及格的成绩而做最后的努力。虽说挂一次科也在"四个一"工程之列，但在最后时刻摊上这种事儿，还真是闹心。

要说周游这位同学，也是一个名字绝对没起错的人。大学四年，到处周游，虽然不是列国，但永远是神龙见首不见尾。四年下来，好多同班同学都有些恍惚：周游？名儿真熟，长什么样来着？尽管不怎么来上课，可他的每门成绩都十分优异，究其原因，就是他把上课的时间都用来到外边接活儿了。别人在课堂里学习的时候，他已经在实践中成长了。虽然收获不少，但因为没多少时间和同学尤其是女同学交流，他也暂时没有女朋友，而且在最后时刻碰上了"四大杀手"中最为严苛的付明老师。虽然不少老师都对周游的旷课心怀不满，但看到他最终的考试成绩，确实出类拔萃，于是绝大多数老师都本着爱护人才的宽容心，睁一只眼闭一只眼了。唯独这个付明老师，始终恪守自己的原则，就是不愿网开一面。不及格，意味着周游全盘计划的落空，所以他不能轻易放弃，决定做最后一搏的努力。

因此，他一大早就来到了付明老师的办公室，这并非是因为周

游有多爱早起，其实是因为这个奇葩老师。每天付明都严格按照自己的作息时间来工作和休息，容不得有半分钟的提前或延后。他留给周游的时间只有现在这个时候，为了显示自己的诚意，周游也只能严格遵守时间来见老师。当然，周游自己也知道，过了这个村，恐怕就再也找不到店了。

尽管外面已是阳光明媚，但房间内依然光线阴沉。付明闭着眼，打着哈欠，一手顶着太阳穴，支在桌上，仿佛在睡觉。

一道白光横过付明的眼镜，该是喂鱼的时间了。他身体不动，只是用另一只手将鱼食投入桌上的玻璃鱼缸中，脸色却是深不可测的阴晴不定。

周游站在角落里，这情景就像是《无间道》里的画面，仿佛黑社会谈判一样，气氛十分凝重。

"真的没有办法了吗？"还是周游率先张口，不过语气很冷。

"没有。"没想到付明根本不理会周游表现出来的气势，语气比他还冷。

"再也没有机会了吗？"

"没有。"依然是如此简单的答案。

周游知道，再这么问下去，他得到的永远都是这么冷酷且简单的回答，开始着急起来："你不能这样！我做了这么多，都是为了它！你怎么能……"

话还没说完，付明老师突然转过身，将一摞纸摔在了桌子上。不用付明说，周游也知道这是对方手里的撒手锏——签到单。"你旷了这么多课，还有什么可说的？"

为了能够挽回败局，周游早就在关于旷课的问题上，做足了充分的准备。眼看老师这么快就开始了这个话题，周游也将打了多遍腹稿的话脱口而出："我那不叫旷课，那叫节约我们彼此宝贵的时间。你知道一节课四十分钟，我给网站倒腾点私活儿能挣多少钱吗？"

"这跟我有关系吗？"付明还是冷冷地打断了他。

"当然有关系！"周游不能让老师打乱自己的逻辑，他还是继续自己的话题，"这些活儿最能体现这门课的价值，也正是因为有了真枪实弹的操练，我得到了满分！"至此，周游已经亮出了自己最大的底牌：连你都认可我的学习成果，你还好意思给我不及格？

付明点了点头："卷面是满分没错，你真的学会了也很好，但是我的规矩就是缺一节课就扣一分。"依然是毫不妥协的样子。

周游拿起考勤表，上下扫视着。别人的签名栏都是满满当当，唯独自己的是空空荡荡。

"怎么样？算出来了吗？"付明追问道。

这门课一共四十二节课，除了第一堂课，周游礼貌性地露了一面，其他的课就从来没上过。尽管最终的考试他是满分，但因考勤的问题，又被减去了四十一分。"五十九……一分也不给？"

还没等付明回答，闹钟就不合时宜地响了起来。付明老师重新回到办公桌前，坐了下来，打开一本书，还是那种冷冷的语气："你出去吧，我要备课了。"

周游知道多说无益，付明这个奇葩一直坚持严格按照自己的作息时间来生活，不会为任何人改变。无奈之下，只能愤愤地走出办公室。

7

周游郁闷地从教学楼里走了出来，看到外面的阳光，他不禁长长地呼了一口气，似乎是要将刚刚碰到的晦气，全都驱除出自己的身体。

看见教学楼门口正有个女生等着自己，不用看也知道，除了田橙橙之外，不会有别人。

田橙橙虽说是个女孩，却总是

大大咧咧、不拘小

节。唯一的爱好，就是喜欢吃棒棒糖。

她是真心折服于周游的才华，心甘情愿地拜周游为大

哥，老是像个"小弟"一样追在周游的屁股后面，为他做这做那。

　　周游因为旷课被付明整治的事儿，田橙橙也觉得自己有些责任。本

来老大交代了，让她帮忙签到，别的课程，她都是帮周游糊弄老师，再

加上老师睁一只眼闭一只眼的配合，也都蒙混过关了。唯独这个付明老

师，眼里根本不容沙子，她也就没机会帮老大摆平这个事儿。

知道今天老大要面见付明，田橙橙也就早早来到教学楼外，等着在她心里万能的周游能带来搞定这件事儿的好消息。

看见周游从教学楼里出来，嚼着棒棒糖的田橙橙赶紧凑了上去："老大……"看见周游愤怒的样子，田橙橙暗道不妙，"老大，怎么样了？"

"挡道！"看着凑上前来的田橙橙，周游还是胸中怒气难以消除，于是冲口而出。

田橙橙有些疑惑地四周张望："我？"

周游根本没有停下自己的脚步，只是自顾自地大步前行。一边走，一边发泄地说道："付明就是一块又臭又硬的绊脚石！"

田橙橙赶忙三步并作两步地追随着自己的老大，小心翼翼地问："真的不行啊？"

"老顽固，没法说理！要不是为了金智奖，我才懒得跟他磨叽。"

田橙橙了解自己的老大，他绝对不会为了一门学科的成绩，就这么向老师服软，他真正的野心是要拿到系里面的金智奖。金智奖是南海大学计算机系里面的"奥斯卡奖"，所有计算机系的学生都对这个奖项趋之若鹜。并非是因为这个奖项有大笔奖金，它的奖品不过是一支钢笔而已。主要是因为拿到这个奖项的难度实在太大，每年的评审都非常严格，而且绝对不像中国某些电影节那样经常下双黄蛋，评委会一向本着宁缺毋滥的原则，已经有二十多年没人能够拿到这个奖项了。也正因为得到这个奖项的难度，更让一些自诩才华横溢的学生抱定决心，要以这个奖项作为自己未来道路的高起点。周游也是其中之一，也正因为学校里已经二十多年没人能够拿到这个奖，所以他根本不相信老老实实在课堂学习，就能获奖。所以他才旷课到外面接活儿、干活儿，不断提升自己的能力。周游终于成功了百分之九十九，他得到了评委会的赞赏，但最后却栽在付明老师的手上。

田橙橙知道得到这个奖项的难度，知道老大想要获奖的愿望，但她也更知道付明老师的无法妥协。她不愿看到自己的老大为这事儿烦恼，就试着劝慰道："要不……就算了吧，你连 MCSE 认证都拿过了，系里这么个破奖有什么可要的？"

没想到自己的一番劝慰，反而让老大更加生气，周游有些怒不可遏地打断她："小屁孩，你懂什么？"

"小屁孩？"田橙橙喃喃自语，自打认周游当老大之后，就没看见他发这么大脾气，还是对自己发火，田橙橙也将满腔委屈转嫁到付明身上，"怪咖付明，害我被骂。"说完就用力咬碎嘴中的棒棒糖，仿佛这样能解恨似的。

"付明啊付明，我说你是怪咖，还真不冤枉你，说实话，这还是好听的呢。"田橙橙继续愤愤不平地暗想。

"你想想你自己上课的时候什么样？"田橙橙在脑海里构想着画面：付明留着爆炸头，满脸乱糟糟的胡子，戴着厚啤酒瓶底一样的眼镜，还有随手拿着一个秒表，脸上是紧张而发狂的表情，教室里则稀稀拉拉坐着几个在睡觉的学生。

这就是田橙橙脑海中付明上课时候的样子，他——讲课超烂，语速奇快，脾气暴躁，标志装饰是右手教鞭，左手

秒表，还带闹钟。

"你再想想他监考的时候，又是副什么德行？"田橙橙脑海中的景象迅速转换：付明在监考，目光来回扫描，甚至站在讲台前的凳子上，对学生做精准定位。

这就是田橙橙脑海中付明监考时候的样子，他——高度近视，表达能力极差，严格遵守时间表，患有严重的标准依赖强迫症。

"最让我受不了的就是考完试之后的那副嘴脸，说实话，我真不是因为我们老大才对你有意见，凡是犯在你手里的学生，你有过好脸儿吗？"这一次在田橙橙的脑海里一共浮现出三组画面：付明坐在讲台边，第一个画面是将一沓钱扔回富二代学生手中，第二个画面是抬头不看跪着的学生，第三个画面是推开露出乳沟的女学生。

这就是田橙橙脑海中付明面对考试不及格学生时候的样子，他——被称作挂科杀手，无论对面的学生是主打优越感的富二代、官二代，还是主打同情牌的贫困生、偏科狂，他一律面不改色，油盐不进，毫不手软地秒杀之。

田橙橙已然停止不了头脑中的诅咒风暴，从头到脚，各种角度，将付明数落了一遍，心情略有好转。此时的周游正好握紧拳头使劲一挥，又将田橙橙拉回了现实之中。

"可就这么一个学术水平还停留在 Windows95 的男人，我竟然黑不进他的电脑。"周游慷慨激昂，抑扬顿挫，感觉像是在演讲，"橙橙，现在只有最后一个办法了，橙橙……橙橙？"

周游沉浸在自己的情绪和思考当中，压根儿没注意田橙橙已经被别的事情吸引走了，直到叫了几声，根本无人回应，他这才回头一看，发现田橙橙不见了。这可是千年一遇的事情，头一次这个跟屁虫没在身后，还真让周游有些失落和担心，她是人间蒸发了，还是掉下水道里了？现在这帮偷井盖的人实在太不道德了！周游转了一圈，才发现田橙橙拿着手机，正在极其专注地看着，不知不觉地走上了另一条岔路。

"田橙橙！"气不打一处来的周游怒吼道。

这一声怒吼惊醒了田橙橙，可她并没因此惊慌失措，反倒更加兴奋地挥着手机："快看朋友圈，快看！有人正直播告白呢。"

不知道因为什么，听田橙橙这么说，周游仿佛瞬间就恢复了自己平静的情绪，淡然地问了句："是跟你吗？"

　　田橙橙被噎得有点说不出话，迟疑了片刻才弱弱地说："不是。"

　　"不是你，你在这儿瞎起劲什么，回来！"周游说完，又转身走去。

　　田橙橙噘起了嘴：当然不是跟我表白了，男生都把我当好哥们儿，你也拿我当小弟，怎么可能有白痴向我表白啊？尽管脑子里这么想，田橙橙还是跑回来追随周游快步而去。

8

　　虽然外面的世界已经被一场突如其来、浪漫得一塌糊涂的告白，搞得天翻地覆，但在女生宿舍里，邱樱子正躺在床上，以四仰八叉的优美姿态睡得昏天黑地。

　　昨晚一场宣泄之后，她还是昏昏

沉沉地回到了宿舍，脸都没洗，一头栽在床上就酣然入睡。直到现在，脸上还有哭花了的睫毛膏印，头发更是凌乱不堪，乍一看，还以为是《射雕英雄传》里的梅超风重出江湖了呢。

"砰"的一声，宿舍门被不客气地一脚踢开。邱樱子吓了一跳，诈尸般地坐了起来，第一反应是老师是不是又点名了，自己是不是又迟到了。突然想到今天已经是自己在学校的最后一天了，都毕业了，还有哪位老师闲得没事儿点名玩啊？看到闯入宿舍的是平日里就风风火火的西西，邱樱子瞬间又再次躺下，摆出一副要享受回笼觉的样子。

"还睡！"看到邱樱子又要接着睡，西西厉声制止。

邱樱了把自己裹在毛巾被里，迷迷糊糊地说："最后一天了，还不让我多睡会儿？"

西西可根本不管那一套，上去就把邱

櫻子的被子掀开了："再睡？再睡可就没有好戏看了！"

"看戏？看什么戏啊？"无奈的邱樱子只能坐起来，"看戏不都是晚上的事儿吗？晚点再说吧，晚点……"

西西这回可是异常坚决，一把抓起邱樱子的衣领，像提小猫一样把她往外拖。"你看了就知道了。"说完，就把手机放在邱樱子的面前。

邱樱子盯着西西手机的屏幕，上面是一张照片，也不知道是哪位情圣，在台阶广场上用彩色碎片拼出了一个巨大的 LOVE 字样。邱樱子觉得这个男生真够浪漫的，他喜欢的女生实在太幸福了，要是自己也有这样的感情该有多好！可随即想到自己注定与这份浪漫无缘，也只有旁边干瞪眼的份儿，想想就觉得来气，于是对西西摆摆手，悻悻地说："没兴趣！"说完就再次躺下，知道自己已然睡不着了，但就是不想起来。

西西看见樱子这样，决定拿出自己的绝招，将手机音乐打开，对着邱樱子的耳朵放大音量。

一段神曲在邱樱子的耳边挥之不去，她最怕听到这种东西，听一会儿就像被植入了病毒，不停地哼唱。邱樱子跳起来，抓狂似的挠着自己

的头，大喊一声："啊——好啦！我输给你啦！"

❾

邱樱子被西西逼迫着，以最快的速度洗漱、化妆，趁着樱子上厕所的时候，西西还给老A打了个电话。虽然邱樱子用了半个小时的时间完成出门前的所有准备，已经算是够快的了，但在西西看来，简直是如谋财害命一般浪费宝贵的时间。

眼看邱樱子已经准备妥当，西西一把抓起她的手，一路小跑地来到校园的日暮台阶广场。台阶早已被一群看热闹的学生团团围住，一边拍照一边发出羡慕的赞叹声。西西领着邱樱子在人群外围站定。邱樱子困得哈欠连天，不停揉着自己的眼睛。

老A骑着车晃晃悠悠、慢条斯理地赶到了这里，车把上还挂着点心。他来到邱樱子和西西的面前，左手虚扶着车把，用右手将早饭递给二人。

邱樱子一把接过老 A 递过来的早餐，是自己最爱吃的包子。还是老 A 够意思，昨天晚上一直喝酒，本身就没怎么吃东西，后来又吐得稀里哗啦，早饿得前胸贴后背了。拿起包子，二话不说，就直接往嘴里塞。

老 A 转头看着西西："怎么了啊这是？大清早就把哥召唤到这儿。"

西西露出如蒙娜丽莎一般神秘的笑容："等着……"然后转身对人群大声喊道："大家闪开，女——主——角——来——啦！"

众人听到这一嗓子，全都惊讶地回头，看到来人之后，一片哗然，迅速散开一条通道，还不时窃窃私语。

邱樱子正一口咬着包子，看到大家都在看向自己，心中十分诧异。眼前闪开的通道终于让她看清楚台阶上拼凑的图案。原来，西西给她看的照片只是其中的一部分，彩色碎片的阴影部分还拼着巨大的六个字：

邱樱子，我爱你！

邱樱子愣住了，脑子里一片空白，眼前的一切都让她震惊不已。咬着的小笼包，也因为她的嘴巴不断张大，掉在了地上。

围在一起观看热闹的学生们，确认眼前的这位就是这场浪漫举动当中的女主角,所有人都不再迟疑,迅速举起手机,围住邱樱子不停地拍照,以最快的速度将自己抢到的第一现场内容发到微信朋友圈上。

校园里的所有角落,因为这场告白充满了浪漫的气息。所有人都在关注着它的持续发展,走在路上的学生们此时已停下脚步,图书馆中的学生们也早就放下书本,就连平时最爱睡懒觉的人都早早醒来,他们都干着一件相同的事儿——不停刷新自己的朋友圈。

通过朋友圈,最新消息已经快速地不胫而"跑",女主角出现了,所有人都在好奇地追寻着答案,究竟是什么样的女孩会引起这么大的轰动?现在终于看到了,就是邱樱子有些狼狈的吃包子的样子。

其实不光是学生,学校中的老师以及工作人员也都在关注着这件事情,追忆自己曾经的青春年少,重拾自己早已遗忘的浪漫情怀。

在洗衣房里，校工大爷和洗衣阿姨都拿着手机，不停地刷屏。

洗衣阿姨毫不犹豫地点了个赞，抬头看了看校工大爷，眼角处竟有晶莹的泪光："现在的年轻人也真是太浪漫了吧！"然后，还不忘敦促，"你也赶紧点个赞吧！"

校工大爷颇为得意："我早就点了，现在流行一方有难，八方点赞。"想了想，又鼓励洗衣阿姨说，"你啊，别总窝在这洗衣房里，要多接触外边的世界，如此这般就让你感动成这样，咳，太年轻了。"

11

邱樱子惊呆了，这么多年一直幻想着能够拥有一段浪漫的感情，尽管在脑海中有过各种版本的设计，但她知道在现实中是没有人追她。为了让自己不再失望，她也就学会了不再希望。可做梦也没想到，就在大

学生活的最后一

天，幸福从天而降，来得太突然，

自己都有点接受不了。

　　不过在围观的同学看来，邱樱子这个女主角实在是太配合了，没有

任何掩藏，也没有任何防备，就这么老老实实地站在"案发现场"，任

由你用任何姿势和角度对当事人进行拍摄，而且时间足够。因为她已经

呆呆地看着地上的图案，足足二十多分钟。

　　短短的六个字，邱樱子在心里不停地翻滚，用碎片拼成的图案早已

深深印在

她的脑海里，但她还要一再

仔细查看，生怕漏掉任何一个细节，就差把这些

碎片从头到尾数一遍，看看这个躲在幕后的人究竟有多用心。

西西倒是一直保持着激动的状态："四年！樱子，你整整低调了四

年。今天你再次成为南海大学的中心，只是这次，你不再是悲剧的女主角，

你看，人人都羡慕你！"

邱樱子听到西西这句话，才重新意识到周围的人群。她害羞地快速

扫视了一下周围，果然，每一个目所能及的女生，都毫无掩饰地露出了

羡慕的表情。"呵呵，我也能有今天！"她在心里暗爽，可转瞬又觉得

不对，是不是自己的梦还没醒呢，还是昨天晚上那"青蛙王子"的后续故事吧？她担心地看看西西和老 A，怯生生地问了一句："这不是真的吧？"她决定验证一下，于是使劲掐了老 A 的左臂一下。

没想到老 A 差点跳了起来："啊！干吗呀？痛！"

痛？这么痛啊？邱樱子觉得有点诧异，以前也经常这么掐老 A 啊，今天怎么反应这么大？不过，既然会痛，那也就是说……邱樱子转瞬就露出一副呆萌的表情："哦，真的不是在做梦。"

"当然不是做梦啦。"西西用深情的语调接着说道，"这份爱是有多深啊，这么花心思。"

老 A 一直揉着自己的左臂，默默地看着眼前的一切，听西西这么说，突然冷冷地说了一句："我看不见得，说不定是变态干的。"

还没等邱樱子说话，西西就率先反驳："你凭什么这么说啊？"

老 A 淡定地回答："这不明摆着么，连个名字都没留，换做是你，花了这么多心思还不留名，那就是缺心眼了嘛！一定另有见不得人的目的。"

"这人不会真缺心眼吧？"老 A 的话让西西有点担心了，她转向邱樱子，"樱子，你怎么看？"

可此时的邱樱子还沉浸在自己的陶醉之中，手里不断折着吸管，一副扭捏的小女孩模样。听到西西问自己，她说了句："我哪儿知道啊！"

此时，已经有人开始撤离这个"案发现场"，刚开始的时候，只是个别人快步离开，后来就是三五成群地离开，到最后就是大群人跑着去了别的地方。一个不明就里的学生拉住了另一个要离开的人："怎么了？怎么了？"

要离开的学生晃着自己手里的手机："快看，现场直播，树林那边还有更劲爆的！"说完就往校园的小树林跑去。

西西听到两个人的对话，两眼放光，兴奋地抓起老 A 和邱樱子。"走啊！"拉着他们就要跟着人群一起跑过去。

可邱樱子却努力要摆脱西西的拉拽："等等！至少也让我先拍张照啊。"

西西没想到这么关键的时候，邱樱子开始犯"二"，心想现在朋友圈里除了这些照片之外就没别的了，你还拍什么拍啊？她根本不管邱樱

子的要求，使劲拽着她往前跑，边跑边说："现场直播，没有女主角怎么可以？"

"喂！"邱樱子还想挣脱西西，尝试几次之后发现根本没有任何希望，也就顺其自然地跟着西西向树林跑去。

老 A 笑了笑，也跟着前往小树林。

⑫

就在三个人渐渐消失的时候，胡多多赶到了这里，邓小余在后面扛着机器也颠儿颠儿地跑了过来。没等自己把气儿喘匀，邓小余就赶紧拿起摄影机开始拍摄眼前的浪漫场面。在镜头之中，巨大的碎片字显得十足的霸气侧漏。

胡多多背着手在图案面前不断来回踱步，左看看右看看，不用问就知道，他脑子里一定在进行着疯狂的美学审视和哲学思考。觉得自己考虑得差不多了，他走到邓小余身旁，看着摄像的工作，不满意地摇了摇头，进行细致且深入的指导："错了错了，你应该这么拍……"胡多多亲自做着示范，然后又将摄影机交给邓小余，强调着自己的想法，"要有意识！意识懂吗？不要只拍这些告白，要透过世相的浮夸表面拍出背后真正的深情。这四年，他和她的背后一定有着不可告人的某种感觉。你要嗅到这种感觉，再试着去捕捉它。"

邓小余有点迷惑，不知道该怎样嗅到这种感觉，于是用最原始和本能的方式，伸着鼻子使劲闻了闻周围的味道。

"你长了个狗鼻子啊？"对邓小余的理解力，胡多多表达极其的不满，"能破案使是吗？"

邓小余只好重新瞄准取景器，不断左右查看。不经意间，他似乎感受到了女神的存在，灵光一现似的大喊了一声："啊！有了！"

胡多多听到邓小余这么有感觉的叫声，颇为欣慰："是不是，感受到这种气息了吧？"

邓小余通过镜头看到了刘婉在人群的前沿，迅速变焦推近，镜头推得极其准确："刘婉！"

"我跟你说镜头，你扯刘婉干吗？"胡多多又有些不满。

邓小余看到刘婉

并不是一个人，身边还有一个男孩，一身

打扮要多土豪就有多土豪，这个人就是胡多多和邓小余导演

系的同班同学陈迈达。看到他们两个人在一起，邓小余的心里有点落寞，

放下摄影机对胡多多说："那个，我是说刘婉在前面。"

胡多多往前方看了一眼，揶揄地笑着对邓小余说："呵呵，刘婉的

味儿你倒闻得挺清楚嘛。"

邓小余一阵憨笑，奋力挤过人群，来到了刘婉面前。胡多多这回也

跟在身后，一起到了刘婉身边。

刘婉正认真地看着地上的告白，侧面弧度十分完美。邓小余绝对不可能放过这么好的机会，贪婪地记录着心中女神每一个动人的瞬间。他拍得有点太忘我了，完全没有顾及周围的环境。此时，一拨又一拨来参观浪漫现场的人不断增多，后面的人为了能挤到前面也使出九牛二虎之力。在背后人群推推搡搡当中，扛着摄影机的邓小余脚下一趔趄差点滑倒，为了保持平衡上身一歪，摄影机眼看就要摔在地上。此时的邓小余显示出了极强的专业素养，为了保护摄影机，他猛地前扑，抱紧了机器，避免了悲剧发生。但人却重重地摔在了地上，围观学生全都大笑起来。

　　不知是因为保护住了机器，还是因为在自己的女神面前要坚强，邓小余摔在地上的时候，竟然没感觉到痛。

　　胡多多十分无奈，摇了摇头，准备去拉邓小余。

　　就在此时，一个如天使般异常优美的声音在他们两个人的耳边响起："你没事儿吧？"

　　他们俩齐刷刷地转头，说话的人竟然就是刘婉。如此精致的面容就在自己的面前，距离咫尺之遥，一切都变得那么的不真实。胡多多和邓

小余就像被催眠一般，感觉周围突然响起了音乐，围观的学生也都开始晃动双手送上祝福。胡多多和邓小余呆呆地看着眼前人，刘婉笑得像仙女一般，身体周边散发出神圣的白光，她在他们俩的心里不断升华。

邓小余张大了嘴，用崇拜的眼神看着她，在内心深处，刘婉已经幻化成了雅典娜，最次也是戴安娜。

胡多多一直用思考的眼神打量着她，在内心深处，刘婉已经变成了麦当娜，或者是小泽玛丽娜。

多年的默契，已经让邓小余十分了解胡多多此时的美学思考已经走上了歪路，他打算打断导演对自己心中女神的亵渎。但他沉浸在刘婉的关怀之中，沉迷于女神的光彩之中，不愿抽身而出。

最后，还是刘婉终止了他们的幻想："喂？"女神又回到了人间，胡多多和邓小余也这才回过神儿来。

胡多多看了眼邓小余，赶紧解释说："没事儿，拍片子呢，他这是角度，仰角镜头，一种特殊的处理手法！"

"哦？"刘婉始终没有正眼看这两个人，目光总是从他们的头顶划过，"那趴我鞋上也是一种特殊的处理手法吗？"

邓小余这才意识到自己的尴尬处境，他正趴在刘婉的高跟鞋上，难怪刚才摔在地上没感觉出痛。手里还抱着摄影机，十分狼狈不说，虽然自己尽量回避着角度，但稍微探探头，就能看到刘婉裙底的旖旎春光。

就在邓小余不知如何进退的时候，刘婉身旁的土豪陈迈达一把把他揪了起来，十分不满地质问："你们在这瞎拍什么呢？！"

逃离了尴尬的位置，邓小余觉得自己应该解释解释，好保持自己在女神面前的清白形象："误会！误会！我什么也没看见，什么也没拍到！"

"我擦！这么好的角度，你还好意思告诉我什么都没拍到。"陈迈达觉得邓小余有点装孙子，就不客气地教训说，"你们以后出去了可千万别说是我陈迈达的同学啊。"说完，他就一把抢过摄影机，做了几个炫耀的拍摄姿势，对准刘婉拍了起来。炫耀过之后，他还不忘挤兑另外两个人："看见了没有？应该这么拍！"

邓小余根本不理会陈迈达的挑衅，在他的眼里，只有自己的女神："刘婉，我们这是在拍毕业作业，你能不能对着镜头说点什么？"

"不行！"没想到刘婉断然拒绝，毫不犹豫，"没换衣服，也没剧本。"

邓小余仍然不放弃："不用剧本的，我们是纪录片儿。"

刘婉闻言，拿出自己随身携带的化妆镜，仔细观察是否需要补妆。在别人看来浓妆艳抹的一张脸，在她看来还有些不够。

陈迈达将两个人直接推开："行了行了，谁有工夫给你们录那破作业，反正也没人看，听听你们俩这名字，胡多多，邓小余……这不就是多余嘛！"

胡多多有些不高兴了，这几年，他最反感的就是别人给他们这个组合起的名字，为此，他甚至动员过邓小余考虑考虑改名的事儿："你说什么呢？我们多出来、余下来的那可是才华！"

就在胡多多还想辩驳的时候，一辆豪车的到来吸引了所有人的目光。这辆豪车穿过人群，威风凛凛地朝这几个人开了过来，停在了他们面前。车子停稳之后，从车上下来一个高大、英俊，一身黑西服，戴着墨镜的高个儿男子，径直走到陈迈达面前，深深一鞠躬，喊了声："少爷！"

胡多多和邓小余全都瞪大了眼睛，以前只在港片里见过的场景，没想到就在自己眼前真实上演了。两个人都有些惊呆了，只剩下面面相觑的份儿。

没等陈迈达伸手，墨镜黑衣男就主动将他手里的东西接了过去，然后转身来到车门前，为他打开了车门，静静地等待着。

陈迈达信步走到车门前，回头得意地看了一眼还在原地发呆的两个人，拍了拍车顶，嘲笑地说："等你们哪天买得起这个，再谈才华吧。"

胡多多有些气急败坏：才华怎么能用金钱来衡量？就算可以，也应该是像我这样的才华横溢的人才配拥有这一切，这个人实在太可恶了！他气往上涌，脸红脖子粗地就想冲上去掐架，结果被旁边的邓小余紧紧地拉住了。

陈迈达撇嘴一笑，不再理会二人，对刘婉说道："达令，不早了，咱们去试晚上舞会的衣服？"

刘婉微微一笑，款款地走到车前，在陈迈达的搀扶下，上了豪车。陈迈达颇为绅士地为刘婉关好车门，随即又走到另一边指示墨镜黑衣男为自己开门。

邓小余默默地看着，直到豪车猛加油门，绝尘而去，才无精打采地低了低头，满面晦暗。

胡多多仍然保持着愤怒，酸酸地说了一句："切，凡夫俗女。"

"不许你这么说她！"邓小余想都没想，就脱口而出，说完之后自己都有些诧异，明知是不可能，自己为什么还这么维护她。

胡多多也很不解："你还真喜欢她啊？"

被导演戳中心事，邓小余有些尴尬，还有些失落，急忙掩饰说："什么呀……我才没……"他低下头不敢正视导演的眼神，可他突然发现什么事情有点不对劲，惊讶地问道，"那个那个，机器呢？"

胡多多压根儿没理会邓小余。"别转移话题。"在他眼里，哥们儿的情感选择是一件非常重要的事情，他必须得让邓小余改变这种危险的想法，"我说，你怎么就看上这么个妞了，虽然论长相确实到了保时捷的级别吧，你就算开得起，也养不起啊！"

可邓小余压根儿没有理会导演的说教，现在有一件更为要命的事儿，急得他到处转圈："导演，机器真不见了！"

胡多多根本不愿意停下自己的说教，现在他又有了新的想法，这不仅仅是爱情的选择，更重要的是这里面还有美学思考的意义："我在跟你聊我艺术哲理里对女性的定位。你老跟我扯机器干吗，不是刚刚就放那儿了么……诶，机器呢？！"

"我没拿，不是你拿过去了吗？"

"怎么可能，刚才不是你一直

拿着吗？"

邓小余焦急地往回走，眼睛不停地四处寻找，感觉能找到摄影机的机会越来越渺茫，脸色也开始变得煞白："完了。这个是学校的机器，今晚就该还的……这下赔大发了……"想到这台机器的价值，再想想自己的钱包和存款，邓小余腿一软，直接坐在了地上。

胡多多也开始担心起来，试探性地说："别告诉我你借了最好的那一台。"

"当然没有啦。"邓小余没好气地说。

胡多多感到些许欣慰，也不在乎邓小余的语气，连声说："那就好，那就好。"

邓小余眼一闭："我借的是最贵的那一台。"

胡多多腿一软，跟邓小余一起跌坐在地上。

13

豪车行驶在校园的路上，陈迈达将车窗打开，阵风习习，刘婉的一袭长发也随风飘荡，坐在豪车里的她更显得风情万种。

在一个幽静的地方，汽车知趣地停了下来。陈迈达拿着手机和刘婉玩自拍，照片中的刘婉总是一副冷冰冰的样子。

其实，刘婉对陈迈达并不满意，最受不了的就是他那一身的土豪劲儿。在大学里，追求刘婉的人实在是太多了，可刘婉一直没答应过谁。她也一直在寻找，那个人就是传说中的滕先生的儿子，刘婉觉得只有滕公子才有资格做自己的真龙天子。不但家财万贯，凭滕先生的人脉，还能在事业上助自己一臂之力，这才是真正的天赐良缘，既要干得好，也要嫁得好。

可这个滕公子始终不露真身，刘婉也开始暗中观察各位男同学，寻找各种蛛丝马迹。最初，她还真以为陈迈达就是传说中的滕公子，虽然他的土豪品味，让刘婉颇为怀疑，滕先生怎么会培养出这么一个没有格调的儿子。但陈迈达阔绰的家境，让她觉得这种可能性还是存在的，因此就有意无意地给他机会。结果没用多长时间，刘婉就得到了最终的答案，这个土豪绝对不是滕先生的儿子，本想一拍两散，但滕公子始终存在于传说和神话之中。因此也就退而求其次，一直和陈迈达保持着若即若离的关系。

即便刘婉在自己面前总是一副冷冰冰的样子，可在陈迈达眼里，她就是迷人的冷美人。更何况，让所有人都看到学校里的明星刘婉就坐在自己的车里，是自己的女人，这比什么都重要。他摆弄着自己的手机，炫耀地说道："看看，看看，什么叫大师级的运镜，啊！一台手机就能拍出这么高端的效果，这要给我一台小小的摄影机，那还不是分分钟拿奥斯卡！"

坐在驾驶座的墨镜黑衣男始终保持着沉默，仿佛这个人就不存在一样。当他听到小主人有这样的想法时，向后面直接递过来一台摄影机："少爷，一台小小的摄影机！"

陈迈达满意地拍了拍黑衣男的肩膀："嗯，懂事……"随后，他意识到一个问题，什么时候出来一个摄影机呢？"哎，等等。这机器怎么这么眼熟啊？"

刘婉也看了看陈迈达手上的摄影机，似乎想起了什么："好像是刚才那两个人的，你抓起来就没放下……"

陈迈达的表情显得有些疑惑，转念一想，不妨看看他们俩到底都拍了什么玩意儿，于是就按下了播放键。

一片雪花过后，屏幕上出现了胡多多的身影。在他的身后就是学校里的篮球场，有不少学生在打篮球。胡多多站在镜头前，正用急促的语气进行报道："我们现在要去拍摄的是学校最野蛮也最有趣的传统。"

话刚说完，就看远处一个篮球转着圈儿飞了过来，正中胡多多的后脑勺，胡多多被直接 KO，瘫软在地上。

下一个镜头出现了，还是这个场景，还是胡多多出现在镜头前，不同的是他这次戴上了一顶安全帽。以为万无一失的他，刚要开口说话，结果一个足球又转着圈儿飞了过来，直接打在了胡多多的下体。

陈迈达皱起了眉头："这俩人拍的什么玩意儿啊？"索性按着快进键，发现里面都是些乱七八糟的视频。陈迈达嘲讽地笑了笑："简直就是拍了四年的家庭滑稽录像啊，都是一种风格。"

刘婉在一旁压根儿无心观看这些东西，只是时不时地瞟上一眼，听陈迈达这么说，也露出了温婉不屑的笑，眼角又看了一眼屏幕，里面的内容正在飞速地转换，确实都挺垃圾。可刘婉好像觉得自己看到了些什么，内心狂跳不已，脱口喊了一句："停，往回倒！"

这是一段采访的录像剪辑，还是胡多多不合时宜地出现在了镜头里，他举着话筒，一本正经地说："下面是我对南海大学最成功校友滕先生的独家专访。"

　　滕先生？自己没听错吧？这个胡

多多怎么能采访到他呢？难不成他就是？刘婉心里各种乱猜，迫不及

待地希望后面的采访能够给自己一个准确的答案。

　　只见胡多多将身体转向一旁，伸出话筒，一脸严肃地提出了自己的

第一个问题："您真的看了我们的作品？"

　　镜头瞬间切换到被采访人，果不其然，南海大学里神一样的传说人

物滕先生就坐在沙发上，对着摄影机接受采访。果然是他！刘婉心花怒

放，感觉自己越来越接近困扰自己很久的谜底了。

镜头里的滕先生风度翩翩，很认真地回答着胡多多的提问："看过了。嗯，应该说是仔细研究过了。"

胡多多连忙客气地回应："感谢感谢！那您觉得这个片子怎么样啊？"

"难得的天才之作啊。"在刘婉的记忆里，还真不记得滕先生如此夸奖过谁。

"作为南海大学所有学生的偶像，我也想听听您对我们的看法。您对我们的未来有什么期许吗？"胡多多继续询问。

滕先生也丝毫不吝啬自己的溢美之词。"不能估量，真的无法估量。"

"借您吉言！您会来出席我们的毕业舞会吗？"胡多多终于问了一句与自己无关的问题。

滕先生郑重地点了点头："没错，我会出席。"

胡多多有些不放心："可是您工作这么忙，真的没问题吗？"

滕先生笑了笑："当然了，一家人嘛。"说完这话，就朝向一旁，颇为亲切地说，"是吧，小余——"

轻描淡写的一句，不亚于一颗重磅炸弹，陈迈达拿着摄影机的手一哆嗦，后面的采访也戛然而止。他立即关上了摄影机，故意表露出自己的不屑："乱七八糟的玩意儿，没什么可看的。"

而刘婉的内心一阵狂跳，她竟然知道了隐藏四年的秘密。"小余——"居然是他？竟然是他？刘婉知道，邓小余是众多爱慕暗恋自己的男生之一，他总是跟在胡多多的身后，扛着一个摄影机到处拍。但只要自己出现在他的视线范围之内，他就会以各种角度不停地拍摄自己，可自己从来没用正眼瞧过他。没想到，这个默默拍摄了自己四年的邓小余，就是滕公子，就是自己的真命天子！刘婉恨不得打自己两巴掌，直接从陈迈达手中抢过摄影机，准备开车门下车。

陈迈达慌忙说："这还没出校门呢，你不看你今天晚上的衣服啦？"

刘婉看都没看陈迈达，打开车门："留着给别人吧，我今晚另有安排。"

陈迈达急了，追着刘婉也要下车："刘婉，你怎么……"

"砰"，还没等陈迈达说完，下了车的刘婉已经将车门狠狠地关上，差点撞着陈迈达的脑门。

　　在南海大学里有这样一个特殊的地方，每年都会在这里进行惨烈的决斗。

　　这个地方就是一个较矮楼层的天台，四周全是各种涂鸦，其中最为显眼的就是一句："放下恩怨，立地求和！"在布告栏旁边已经围绕着许多人，胡多多和邓小余也站在最外圈。对面的女生宿舍窗口也挤满了人，有拿望远镜的，有拿充气棒的，她们都在关注着天台上的对决。

　　此时，质量不佳的扩音器中传来了一曲古老却充满正能量的歌声："啊啊啊，只要人人都献出一点爱，世界将变成美好的人间。"伴随着老掉牙的歌曲，一个娇弱的女主持款款走上擂台中央，所有人都期待她

会发出嗲妹妹般的声音，但麦克风中传出的却是浑厚的男低音：

"来来来！走过路过不要错过！千载难逢，万年不遇，过期不候的大挑战！大学四年里，无论你曾经在这儿犯过多少事儿，惹过多少人，有过多少荒诞不经的行为。只要你今天站上这个擂台，曾经的情敌都将是好哥们儿，好姐妹儿。下了这个擂台，曾经的仇人都是好同学好朋友！"

这就是南海大学每年特殊的决斗现场，不管在四年里，有过什么矛盾和仇怨，哪怕是心情不好时拌过两句嘴，甚至是不共戴天的夺爱之恨，只要上来打一架，所有恩怨，一笔勾销。从此两不相欠，相逢一笑泯恩仇；大路朝天各走一边，即便再见，也是朋友。

此时的台上，正有三个人不知道因为什么，在这里做最后的了断。其中一个男子穿着迷彩服，这个人肌肉健硕，粗声粗气。迷彩服男子身边站着一金刚芭比，体型跟迷彩服男子一样壮硕，两人正围着一个瘦小的眼镜男。

金刚芭比率先发难："你是不是不服？"

瘦弱眼镜男鼓足了勇气回应道："不服，二对一，虽然不公平但是我绝不惧怕你们，这口恶气我一定要出。"

金刚芭比则跷着兰花指："哼。那就让你知道服字怎么写！"

迷彩服男子和金刚芭比气势汹汹，摩拳擦掌地向眼镜男逼近，眼镜男的镜片顿时被雾气笼罩，身体不自觉地往后退。

大家都全神贯注地看着这场实力相差悬殊的决斗，而人群中的胡多多和邓小余则趁机挤到了前排。

邓小余拉住了走在前面的胡多多："你真想这样？"

"要不你还有其他方法？"

邓小余想了想，最终无奈地摇头："没有。"

此时台上的迷彩服男子已然逼近瘦弱眼镜男，他举起

手，猛地挥下，全场报以哄叫声。

　　一场刺激腺上激素的搏斗，在邓小余眼里，却像是 QQ 游戏里的欢乐斗地主。就在邓小余幻想着两个农民怎么狂扁地主时，台上的形势突然发生了出人意料的扭转：瘦弱眼镜男竟然制服了另外两个凶神恶煞！邓小余觉得也只有两王四个二，才能完成这样的大反转。

　　赢得决斗的瘦弱眼镜男，向着人群高举双手，观众们也开始了山呼海啸一般的欢呼。

　　胡多多已经挤到了最前排，邓小余也努力地跟在他身后，努力挣脱周围兴奋的人潮。

　　胡多多颇为赞叹："打得漂亮！你看看，外表瘦弱的人也有爆发的时候。"

　　邓小余还是云里雾里："啊？打谁？"

　　胡多多没回答邓小余的问题，一个箭步就登上了擂台。

　　邓小余也傻不愣登地追随而去。

　　女主持人看见又有两个人登台，于是按照规矩，先对两个人进行询

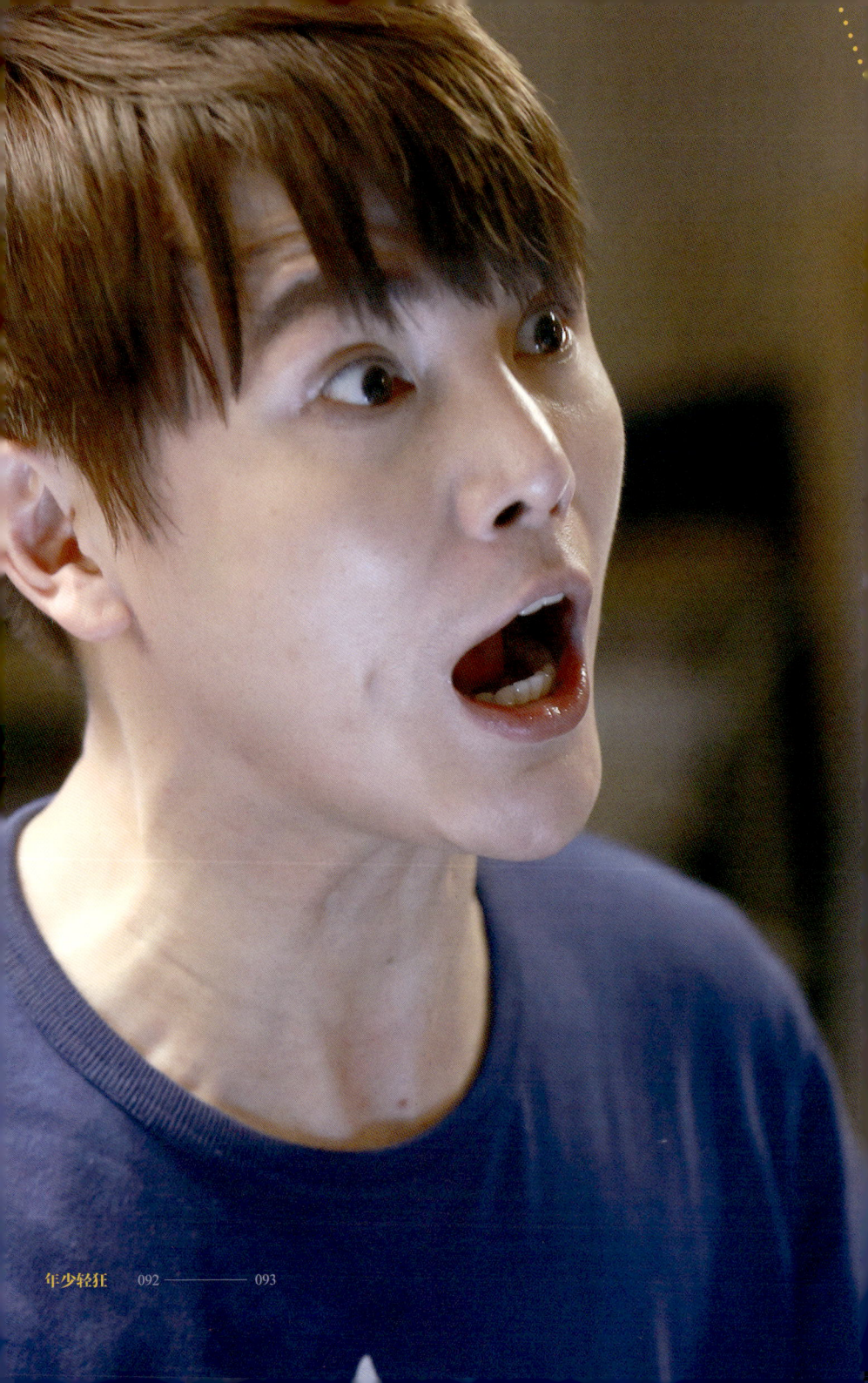

问："你们是什么关系？有什么恩怨？"

"我是导演，他是摄影。"胡多多简单地介绍了一下，但第二个问题确实有些难以回答，"我们的恩怨么，他把康师傅买成了康帅傅。"

在场所有人听到这个理由，不禁哄笑起来。台下正有一学生捧着方便面在吃，不禁仔细看了一眼自己是不是也买错了。

邓小余一脸无辜，虽然胡多多说的还真是确有其事："这不能怪我，我也是被奸商蒙骗的受害者！"

"别废话！今天咱们就来做个了断！"说罢，胡多多就示意邓小余对自己发拳，邓小余却一动不动，胡多多开始模仿拳击选手不断颠着脚步，抖动着双拳。

邓小余也学着胡多多的样子，拉开了弓步。

胡多多一声呵斥："来啊！"

话音刚落，邓小余就一拳打在了胡多多的鼻梁上，拳头离开胡多多的脸后，一行鼻血流下。

胡多多抹了一下自己的鼻血，显得异常苦闷："你真打啊？"

邓小余看了看自己的拳头和胡多多，也觉得自己下手有点太重，刚想做出点解释，却迎来了胡多多的回击。这两个人你来我往，真的进行了一场类似搏命的决斗。

擂台沸腾了，学生们围上擂台，将两人淹没在中间，看着他们一拳一拳都货真价实地砸在对方身上，叫好声不绝于耳。

⑮

时间已经临近中午，尽管夏日的太阳正毒辣地照射着校园，但走在树林间的邱樱子、老 A 和西西，已经忘了炎热。在这条林间小径的两旁，树上挂着的全是邱樱子的照片，照片都是用拍立得拍摄的，包含着邱樱子的喜怒哀乐，还有很多无人注意到的小细节。

邱樱子认真地看着每一张照片，每看一张，就会将照片从树枝上小心翼翼地取下，充满呵护感地收在手上。

"挂着多好

啊，别摘了。"看着这样的画面，西

西的眼眶湿润了，"明媚、忧伤、倔强、柔软、快乐、痛苦。

这还真是部清新纯爱的小电影。"

　　邱樱子此时的内心中，可是充满了自信："有这种效果还不是因为我人比较好看，来，看这张！"邱樱子向西西展示着刚刚取下的照片，照片上的邱樱子在侧逆光下露出甜美的笑容。

西西此时已经陷入了陶醉："我觉得他一定爱你至深，因为爱人才能留住美的永恒，"为了得到印证，她转过头问老 A，"老 A，你觉得我的推理对不对！"

陶醉于这种浪漫情调的两个女孩同时看向老 A，而此时的老 A 异常冷静，用大拇指和食指托着下巴，故作沉思状，活脱儿一个加大版的柯南："推理是不分输赢，不分高低的。因为，"老 A 突然伸出自己的食指，指向远方，"真相永远只有一个！真相就是他！他……是个变态狂。这位小姐，你有没有感觉到有一双眼睛无时无刻，无处不在地盯着你？"

听着老 A 诡异的分析，邱樱子觉得鸡皮疙瘩直翻，双手抱臂直打冷战。

"老 A，你才变态，"西西有点儿听不下去了，甚至比邱樱子的反应还要强烈，"明明是这么美好的事儿，被你说得那么龌龊！"

老 A 一脸无辜地说："不是你让我推理的嘛！"

邱樱子这时站出来为老A解围："就是！"可转瞬就忘了老A到底说过些什么，指着一张照片，极为兴奋，"啊，这张好！我要换成微信头像！"

邱樱子刚要举起手机翻拍，却听到短信提示的声音，她随即点开，发现短信来自一个陌生号码，不会是垃圾短信吧？这年头，大家都使微信了，没几个人还用短信，所以大部分都是些垃圾内容。可仔细看过之后，邱樱子知道，这个短信的内容绝对不垃圾：你再普通的一瞬也是美眷顾过我的礼物。我将它们返还于你。请不要害怕，我无意冒犯。

邱樱子马上意识到这个神秘短信出自谁的手笔，惊讶地一捂嘴："是他！"还没等老A和西西问个明白，就立即按照短信的号码回拨过去。接通之后，却只是听到了一个女人的声音："对不起，您拨打的号码是空号……"

老 A 一副看热闹不嫌事儿大的样子："你看！我就说是个变态吧！"嘿嘿一笑之后，突然变得面色凝重，左顾右盼，故弄玄虚地小声说，"说不定比变态更可怕，是不干净的……东西。"

就在老 A 令人感到有些恐怖的话刚刚说完，短信声再次响起，吓了邱樱子一激灵，这回她都有点不敢看了。

老 A 催促着说："不要逃避呀！不能逃避自己的命运……"

西西瞪了老 A 一眼，鼓励地朝邱樱子点了点头，邱樱子这才战战兢兢地将短信点开，只见上面写着：还有九个小时就是毕业舞会了，真心希望最后这一天，你能因为我的爱绽开幸福的笑脸！

短信里提到了毕业舞会。"难道，他想当我的舞伴？"邱樱子做出如此判断的时候，心里简直乐开了花，可转念一想，"怎么能找到他呢？"没有任何办法的邱樱子向老 A 和西西投出了求助的目光。

老 A 连连摆手："别看我……查案不是我的强项。"

"那你刚才还瞎玩推理！？"西西嗔怪着老 A，转身拉起邱樱子："走，我有办法。"

老 A 闻听，急忙追问："什么办法？"

"去找计算机高手出马，"西西回眸轻松地一笑，拉着邱樱子就往树林外走，"这种事儿，对他而言，小 case！"

可邱樱子打算再次挣脱西西的拉拽："让我把照片收好了再走啊！"

16

在绿草茵茵的高尔夫球场上，正站着三个人。

与周游站在一起的，是南海大学另一位传奇人物——东方神乞，田橙橙还是在嘴里叼着棒棒糖，好奇地上下打量着传说中的东方神乞。

这位大仙儿和周游一样，主攻的是计算机专业，可他偏偏还热衷中国传统文化，还不是什么子曰诗云，而是号称群经之首的《易经》。手中摆弄着最新的高科技，内心则怀揣最古老的东方智慧，风马牛不相及的东西融合在东方神乞身上，却毫无违和感。另外，这人的技术绝对一

流，在黑客界是响当当的人物，他这么多年没被安全局招安，没被美国特工盯梢，按说都算是个奇迹。可这么一个拥有绝对实力的人，就是毕不了业，按年头算，今年他都大六了。

田橙橙眼中的东方神乞，戴着一副墨镜，最让她感兴趣的就是这位传奇人物的嘴里也叼着一根棒棒糖。田橙橙俏皮地一笑："原来传说中的东方神乞，跟我有一样的爱好啊？"

东方神乞十分冷静，他双脚开立，胯前的球杆左右摇摆，对田橙橙的话置若罔闻，一言不发。

周游一挥手，"一边儿玩去。"就这么赶走了田橙橙。她无奈地走到一旁，在远处看着两个人打球。

球杆从高尔夫球旁擦过，来来回回好几次，却始终不去碰球，更别说打球了。在和周游交谈的时候，东方神乞始终在重复着挥杆的动作。

听完周游的讲述，东方神乞慢悠悠地说："有些事物的魅力就在于，越是看似简单，你就越是做不好。"

听到如此有哲理的话，周游相信自己绝对没找错人："神了，你怎么知道，这么弱智的系统我从外网就进不去。"

可东方神乞根本没管周游在说些什么，仍然自顾自地对周游循循善诱："比如打高尔夫球，明明很简单。可就是让你不断地面对失败。"说话的时候，他始终低头看着球，根本没抬头看过周游。

周游有些不耐烦了："别臭贫，你赶紧的。"

"急什么？"东方神乞仍旧一副慢条斯理的模样，"打球最忌浮躁，要气定神闲，沉着冷静，然后聚气于杆尖，当它充满力量的那刻，发力！"随着最后的用力，东方神乞使劲儿挥杆，却没想到腰部扭动过大，他在原地打了个转，站定后发现球还在原地。

这个时候，东方神乞才略抬眼皮看了一眼周游："你看，这力散了吧！"

说完，东方神乞打算再做准备的时候，周游一下将他手中的球杆夺过，双脚站定，高高挥起，东方神乞见状忙退后三步，"啪——"一声清脆的击打，球又高又直地飞起，在空中划出一道完美的弧线，周游的

姿态完美，

东方神乞

不由得

拉下墨

镜。

"这回有

时间了吧？"周游问。

"你，你小子真没劲。"东方神乞觉得必须要把其中蕴含的

道理给他讲明白，"知道男人为什么喜欢打高尔夫吗？"

可周游并不理会东方神乞，拿着球杆径直往场外走。

东方神乞快步跟上周游，继续表达自己的不满："高尔夫不在于每

一杆的感受，而在于一洞一风景的不同。你这样草草了事，哪儿能享受

到个中快乐和趣味？你这样太无趣，太浮躁了。"

　　周游一乐，点了点头："我算是明白你六年不毕业的原因了，结果不重要，过程很过瘾。"

　　东方神乞觉得自己遇到了知音："懂我！"

　　"那我告诉你，我只要结果！"周游严厉地说，眼神中也透露着一种决绝。

周游的眼神真的威慑到了东方神乞，东方神乞虽感不屑，但还是跟着周游往前走。周游走过田橙橙身边并没有停步，潇洒地将球杆插入球袋中。

17

中午十二点，咖啡馆里坐了不少人。周游和东方神乞坐在室外，太阳伞遮住了狠毒的阳光。

东方神乞正面对着电脑一阵狂敲，周游在一旁观战，一串令人眼花缭乱的敲击之后，东方神乞长出一口气，颇带仪式感地按了一下回车键。谁知随着"duang"的一声，屏幕上跳出了一个巨大的红色"NO"字。

周游暗自叹了口气："我昨天也到这步就走不动了。"

东方神乞仍然淡定自若："不偏不倚，忽隐忽现。仰之则弥高，俯之则弥深，进之则愈长，退之则愈促。虚领顶劲，"来了一个长长的深呼吸，

吐出了最后四个字，"气沉丹田。"

"什么乱七八糟的，"周游听得云里雾里，"能破吗到底？"

"要用暗器。"

"病毒？"

东方神乞眼睛一亮，很满意这个答案："又懂我！"

这个时候田橙橙已经买完了咖啡和蛋糕，来到了两个人桌前。东方神乞拿出一个电灯泡样子的 U 盘，递给了周游。

周游接过 U 盘，皱起了眉头，因为这东西的奇特造型，更因为完成这件事儿的难度："要植入病毒，哪儿那么容易？"

田橙橙一听，来了精神："制定作战方案，付明不是特规律吗？我早摸清了他的作息习惯，这回有用武之地了吧。"

"哟，你这丫头，还挺细心。"东方神乞觉得这里已经不需要自己了，"行吧，我先走了，你们搞定了通知我。"

得到传奇人物的赞许，让田橙橙很开心："不喝了咖啡再走？"

"这种快餐咖啡不适合我，"东方神乞摇了摇头，"记住，我是有

taste 的人。"

东方神乞戴上墨镜悄然离去，正巧和西西、邱樱子和老 A 三个人擦肩而过，他们来到这儿就是为了找到周游。他们看见周游正拿着个电灯泡似的东西，就径直朝他走来。老 A 还是最细致的人，问另外两个女孩："我去买喝的，你们老样子行吗？"

"行，行。"西西连连点头，然后对邱樱子说道："我们先过去。"

西西拉着邱樱子来到了周游面前。一看到这两个人来了，田橙橙马上站起来和她们打着招呼，一脸羡慕地对邱樱子说："你不是今天的超级明星吗？八卦下，那土豪是谁啊？"

邱樱子虽然有些尴尬，但脸上还是难掩快乐表情。

西西把话茬儿接了过来："这不就为这事儿来找周大师了嘛。"她转过身来对周游说道："周游，你帮樱子看看，为什么这个电话能发信息过来，打过去就成空号了呢？"一边说，一边把邱樱子的手机放在周游面前。

可周游连看都没看，漠然地说了一句："虚拟服务器。"

"你看都不看就知道是这个原因？"邱樱子觉得实在太神奇了，西西真的是帮自己找到了一个厉害的角色。

听到邱樱子说话，周游不禁抬头看了一眼，看到邱樱子充满期待的眼睛，他又赶忙收回目光，显得有些局促和尴尬。之后，他就再也不抬头看任何人，始终低头盯着自己手中的电灯泡U盘。

见周游没说话，邱樱子用恳求的语气对他说："那你能帮我找到吗？"

周游还是没说话，田橙橙可是了解老大实力的，信誓旦旦地说："这种服务器，对我们老大而言那是……"

"不能。"没等田橙橙把话说完，周游就冷冰冰地打断了她，并且也给了邱樱子一个冷冰冰的回答。

听到老大的拒绝，田橙橙十分诧异，愣愣地看着老大。而邱樱子顿感失落，刚刚燃起的一点希望，转瞬就被无情地打击了。

"哎，周游，你不是吧，伸手不打买卖人，开个价吧。"西西打算改变策略，以利诱的方式来吸引周游。

"这生意我不接。"周游还是冷冰冰地回答，"你们找别人去吧。"

"你不是口口声声说没有你攻不破的防火墙吗？"西西再次改变策略，既然不为利所动，干脆就利用这些自诩有才的人的弱点，使出激将法肯定没问题，"这么个虚拟服务器就把你难倒了？"

"不准你这么侮辱老大！"不想田橙橙站了出来，替老大抱打不平。

邱樱子怕把事情搞僵，伸手拉住了又要说什么的西西。她很真诚地对周游说："周游，我真的很想知道那个人是谁，你就帮帮我好吗？我会感激你的！"

周游听邱樱子这么说，知道自己不能再保持沉默，但语气中仍然透露着不耐烦："他这么做就是不想让你知道他是谁，何必执着？你们女生都这样，好奇心太重并不是件好事。你的事，找尤能为力。要找人，可以贴寻人启事。"说完这些，他还是不看邱樱子，直接问田橙橙："你不是还有大事没办？赶紧的。"

说完之后，他就起身离开，始终不看别人一眼。田橙橙赶紧拿着咖啡，紧随其后。

眼看他们俩就要离去，西西想要上前追周游，却被邱樱子一把拉住：

"算了，他不帮忙，我自己找。"说着，邱樱子就把所有照片都摊在桌子上。

老A这时端着咖啡走到她们面前，刚要伸出左手递给她们咖啡，却临时又换成了右手。邱樱子和西西一直关注着照片，谁也没有上心。

"怎么样？搞定了？"老A看周游已经不在这儿了，就随口问道。

结果这句话，引起了西西的抱怨："什么啊，这都搞不定，还计算机天才呢。"

"都说是传说了，只能传着说。"老A继续说着风凉话。

西西瞪了一眼老A，拿起一杯咖啡就一饮而尽。

邱樱子压根儿没理会他们俩的斗嘴，只是认真地看着照片，不断思考着。忽然，她觉得好像想到了什么，就问老A和西西："你们看，这些照片是不是很专业？"

西西听了这个问题，也认真地查看着照片，发觉邱樱子这个问题还真是挺关键的，自己光顾着替姐们儿兴奋了，完全没注意这些细节。"还真是，这用光，这角度和构图，不像胡乱拍的。"

得到了肯定的答复，邱樱子更加认定了自己的猜测："我知道了。肯定是他！"

"谁啊？"西西忙问。

邱樱子忙着把桌子上的照片收起来："还能有谁？李岳啊！"

老 A 正在喝咖啡，听到这个名字后呛了一口，差点把咖啡喷到桌上。

"老 A 你小心点儿，别把我照片弄脏了。"邱樱子说完老 A，继续着自己的分析，"李岳是摄影社的创始人不是嘛，之前他还找我拍过照片！"说到这儿，邱樱子绽放出灿烂的笑容，"难怪……喜欢人家就说嘛，总拿拍照当借口。"

老 A 让那口咖啡呛得一直在咳嗽，邱樱子也顾不上老 A 到底怎么样，收拾完照片后，就兴奋地转身跑开了。西西提醒她："你的咖啡——"

"你们喝吧，等我幸福归来！"伴随着老 A 的咳嗽声，邱樱子已经飞奔离去。

（18）

阳光灿烂，校园的快递集散区，地上已经放满了快递，快递员正在进行分拣。

田橙橙将一沓快件塞进书包，然后骑上绘制着涂鸦的体感车，跟上了前面的周游，他也骑着另外一辆体感车。两个人就在校园里无人的小路上，并肩而行。

看周游一副心事重重的样子，田橙橙也不敢多说话，可憋在心里的问题始终让她有种不吐不快的感觉。最终，她还是说了出来："老大，你刚才不对哦。"

"哪里不对啊？"

"你都不敢看她。你们认识啊？"田橙橙说的"她"，指的就是邱樱子。

"谁啊？"周游还是有点

不明就里。

　　"我好歹也是个女生，你骗不了我的，肯定有问题。"

　　周游终于明白了，她说的是邱樱子。他心中一震，随即颇为严肃地
说："我看你棒棒糖吃多啦，脑子也吃傻了。"

　　田橙橙看周游有些生气，就不敢再辩驳，但嘴里还是嘟囔
着："肯定有问题。"

　　周游立即打断了她："再
多废话，自己

送啊。赶紧的，还有重要的事儿要办。"

"哦哦。"田橙橙只得将疑问憋在心里。她又想到了另外一个问题，"老大，那金智奖就真这么重要啊？"

"你不懂。"

又是这句，田橙橙最不愿意听到周游说这句话，老把自己当小孩子。她露出了不爽的表情："我有什么不懂的，物以稀为贵呗，虽然只是个小破奖，毕竟也二十几年没人得过了，你要用它证明自己。"

周游突然停下了车："我才不稀罕什么证明呢，没什么能证明我。"

田橙橙也急忙停车："那到底为什么啊？"

"为了我爸。"周游表情凝重地说，"我跟我们家老头儿已经一年三个月零九天没说话了，他断定我拿不到这个奖，我偏要拿给他看看。"

田橙橙掰着手指头数："一，三，九……这么久？"她吐了吐舌头，"可是，一个金智奖，就能让你爸对你改观吗？"

"我爸最大的遗憾就是，二十几年前在这儿读书的时候，没能拿到这个奖。"

田橙橙似乎明白了："哦，老爸没拿到，儿子拿到——那你还是为了证明自己啊。"

周游没理会田橙橙，加快了速度。

19

午饭时间，财务处里主管设备器材、戴着一副厚重眼镜的财务老师，一手拿着筷子吃着盒饭，另一只手不停地抬眼镜。他正在听人"说书"，十分精彩。只是"说书"人是两个人，也就是相互打得鼻青脸肿的胡多多和邓小余，两人正在不停地比画。

"说时迟那时快，只见那歹徒的目光果断地聚焦在了摄影机上，向我飞奔而来，我赶紧把摄影机抱在了怀里。但是，歹徒实在太凶残太粗暴了！在努力保护摄影机不被破坏的前提下，我只能默默地挨打。"邓小余一脸真诚。

财务老师用筷子点了一下胡多多："那你都干吗了呀？"

"那时的我被邓小余同学用生命捍卫学校财产的精神感动了，我也奋不顾身地冲了过去，和歹徒近身搏斗，献出了年轻的……"胡多多将塞在鼻孔里的纸巾往里推了推，"鲜血。"

过程确实有些惨烈，财务老师不再追问过程，而是提了一个关键问题："那你们看清那个歹徒长什么样子了么？"

"他……他……老师，"胡多多难得地说话结巴了，是啊，这么关键的问题怎么没提前想好呢，"用我们的专业术语来说，这个人长得像素比较低。"

"你不都近身肉搏了么？大概长什么样总看清楚了吧？"财务老师不依不饶。

"我回忆回忆！"邓小余赶紧把话接过来，脑海中开始快速想象，一般犯罪分子都长什么样来着，"他尖嘴猴腮！身材骨感，跟火柴棍似的。"

胡多多瞥了一眼邓小余，心想小子可以啊，反应够快。他开始了接龙游戏："而且他是倒八眉！大鼻孔、厚嘴唇，眼睛总睁不开似的。分明是一张苦瓜脸！"

听了两个人的描述，财务老师仔细端详着面前这俩不靠谱的人："尖嘴猴腮还苦瓜脸？"

胡多多知道自己把事儿说穿帮了，赶紧往回找补："这样的狠角色才足够凶残，而且最可气的是，"胡多多装出一副咬牙切齿的样子，"他打我们不算，还边打边得意地笑！这人一笑，耷拉下来的眼睛就变成一条缝儿。"

邓小余一听，本来耷拉着的眼睛立刻睁大，使劲憋着，不让自己乐出来。可胡多多自己忍不住笑了，还露出了酒窝。

邓小余一看胡多多没忍住，还把酒窝给露出来了，生怕财务老师将他们看穿，为了吸引老师的目光，就突然大声说："那人啊！笑起来还有一个大酒窝。但是看久了，就觉得这个酒窝太油腻！"

这话说得真是没过脑子，油腻的酒窝简直就是直接把战友出卖了。看见老师一脸狐疑地端详自己，胡多多立刻收住笑容，拉了一下邓小余。

老师决定结束这次无厘头的对话，伸手从桌下拿出一个摄影机放在桌上。胡多多和邓小余看见摄影机失而复得，还神奇地出现在老师手里，顿时就都惊呆了，不知道是老师　　　　　　　被刘谦附体了，

还是这个摄影机成精长腿儿了。

"你们被抢的是这台吗？"

胡多多和邓小余猛点头。

财务老师不屑地一笑："半小时前就有人送回来了！"

胡多多和邓小余一脸莫名其妙的表情，走出了教师办公楼，尽管外面阳光明媚，可他们还是感觉周围的世界有些不真实。

他们充满疑惑，到底是谁导演了一个

大卫·科波菲尔一

般的魔幻演出？最让他们沮丧的是，上午这顿架，算是白打了。

邓小余怀中紧紧抱着摄影机。在如释重负之后，两个人又死皮赖脸地将机器再次借了出来，财务老师有关"别再弄丢了""再丢就要加倍赔偿"之类的反复叮咛，让邓小余感觉自己手里的机器简直就是翡翠白菜一样的无价国宝。

两个人还来不及交流这件事儿的峰回路转，就感觉天使又来到了人间，他们齐刷刷地停下了脚步，眼睛呆呆地看着前方。只见刘婉一身小礼服，踩着十几厘米的高跟鞋，正对着他们露出妩媚的微笑，充满了引诱的意味。

他们感觉刘婉在阳光下闪闪发光，这如梦幻般的场景让他们更加犹疑。丢掉的东西刚刚完好地回到自己手里，眼前又出现了美女的笑容，不是常说福不双至祸不单行吗？这幸福来得也太突然了吧？两个人不自信地回头看看后面，没人。终于确定了，刘婉就是在对着他们露出灿烂的笑容，但两个人都不知道该做出什么样的回应，只能傻傻地站在原地。

倒是刘婉大方、充满魅力地走向他们，干净利落地打了个招呼：

"嗨！"

胡多多和邓小余各自伸出一只手，拖着长音："嗨——"

"我等你半天了。"

刘婉说的是"你"，而不是"你们"。难道……难道她在等我？胡多多和邓小余同时想到了这个问题。难以置信啊，他们便同时问出了一个相同的问题："真的吗？"

胡多多这时充满了自信，相信刘婉等的人一定是自己。因为自己是导演，是头脑，是主角；邓小余只是手脚，是跟班儿。女主角一定要和男主角相配的，你很难想象女主角不理会堂吉诃德而与桑丘情投意合；将福尔摩斯抛在一边，而向华生投怀送抱。所以他将邓小余推到身后，等待着刘婉下一步可能更为亲密的举动。

谁知刘婉绕过了他，走到了邓小余身边，充满期待地问："今晚的毕业舞会，你会给我这个主持人很多镜头的吧？"

邓小余受宠若惊，不敢相信自己的眼睛和耳朵，但他真的不知道该如何回答。这么多年，他一直习惯于受胡多多的指挥，突然让他单独作战，

他根本找不到北。多年养成的"职业素养",让他还是嗫嚅地说:"这个么,要问我们导演!"

刘婉美目盼兮地看向胡多多。胡多多骄傲地昂了昂头。

"导演,你没意见吧?"刘婉问。

胡多多觉得一切回到了正轨,抬头耍帅地说:"从艺术的角度考虑,展现美的真实是一个导演责无旁贷的任务。"

胡多多觉得自己的回答堪称完美,既没有丧失一个导演应有的威风与尊严,又用艺术的语言拍了一个高级的马屁。可他说完,发现刘婉没搭理他,只是将目光聚焦在邓小余身上。

"其实这台机器刚才是我送回去的。"刘婉解释说,"看了里面的一些素材,才发现,原来你一直在被误解。"刘婉的眼睛一直落在邓小余的脸上,眼神中充满了真挚,还有一丝暧昧。

自己多年的努力终于得到回报,自己的才华也被人认可,而且这人还是自己心目中的女神,邓小余十分激动:"被误解没关系。"

胡多多觉得邓小余的回答太直白也庸俗了,一点儿格调都没有,赶紧抢话道："那是，艺术家都有这个过程。"

"但是你在坚持。"刘婉仍然不理会胡多多，直勾勾地看着邓小余，"而且你的家里人也认定你会成功。"

"啊？家里人？"邓小余不明白这事儿跟自己的家里人有什么关系。

"不是吗？"刘婉充满神秘感地微微一笑，"我相信他的眼光，更相信他的基因。"

"基因？"邓小余更糊涂了，自己搞的是艺术啊，跟生物工程没半毛钱关系。

一边的胡多多也听愣了，一度怀疑刘婉的脑子是不是因为前几天下

大雨进水了。自己才是导演，这些作品都来自自己的才华和创造，可刘婉怎么偏偏舍主求次呢？难不成这些美女真的都是胸大无脑？胡多多看了看摄影机，问题应该出在这里，可到底具体是哪儿呢？

"我也代表南海大学所有的学生感谢你能请他来……"刘婉接着说，"当然，以你们的关系，说'请'这个字可能不太合适。"

请他？他是谁？还关系？邓小余的脑子已经成了一团糨糊"谁啊？你说谁呢？"

刘婉将手指放在唇上，"嘘——"那样子又迷人又性感，"不用多说了，我明白低调和保持神秘是每一个滕家人的传统。"

终于搞清楚了这个哑谜，原来是因为那段采访，原来是因为滕先生。邓小余看着刘婉娇嫩欲滴的嘴唇，咽了咽口水："这事儿我一直没想好，不知道该怎么说，其实……"

"没想好就别说了。"刘婉打断了邓小余，"下午两点有校电视台的直播采访，还有时间可以考虑清楚，到时再说。我相信，四年的感情可以融化一些东西。你会来吧？"

一听到"直播采访"这四个字，胡多多两眼放光，见邓小余还要解释，立刻挡在他的身前，抢着回答："我们来！"

"哎——"邓小余还想说些什么，可看见刘婉的眼神已经越过胡多多，给了自己一个温婉的微笑，转身就走了。

看着刘婉婀娜的背影，邓小余已经来不及仔细欣赏，因为胡多多在背后死拉硬拽反绑着他，还一手捂住了他的嘴。

继早上的告白之后，又一个重磅新闻引爆了微信朋友圈。

传奇的滕先生的照片和邓小余的照片被放在了一起，所有学生都在刷屏，抢看手机上的最新消息。

刘婉开着敞篷车，后面坐着胡多多和邓小余。她故意开得很慢，就像陈迈达希望所有人看到刘婉坐在自己车里一样，她也希望所有人都看到传闻中的滕公子正坐在她的车上。

学校的风景、人群，一一在他们的面前流逝。

胡多多和邓小余似乎出现了幻觉：校园的一切都被镀上金色，一切都显得那么美好。骑车而过的女孩在看他们，跳舞的女孩在看他们，扫地大妈也在看他们，她们都投来羡慕和崇拜的眼神。

路边的学生看清车上的邓小余之后，都在不断地评头论足。

"我靠，是这哥们儿啊，太矬了。一点儿都不像啊！"

"你知道什么呀？富二代都长这样！"

22

短短的路程，刘婉足足开了半个多小时。此时的校电视台，为了马上进行的采访直播，所有的工作人员都在忙碌地做着准备。

自信满满的胡多多和略有些紧张的邓小余走进影棚，胡多多示意邓

年少
轻狂

小余放松点。

邓小余左右看了看，确定没有人在偷听他们，才凑到胡多多的耳边："她是不是搞错了，把我当成滕先生的儿子了？"

"是啊。你才看出来？"胡多多也压低声音回答。

"那不行啊，我要跟她说，我不是！"

"不可以！"胡多多断然制止。可能觉得自己有点激动，他赶紧看了看四周，然后再次压低声音，不容置疑地说，"你现在就是滕先生的儿子！"

"为什么啊？"

"一部伟大的电影除了有足够的艺术性之外，要成功还靠什么！靠宣传，靠炒作！"胡多多要彻底打消邓小余的顾虑，"况且，我们什么都没说过，我们也什么都不会说！那样我们说什么都不会错！总而言之，就是关于他们认为的，我们什么都别说！一切为了电影，一切为了艺术！"

　　"她知道真相后会对我失望的。"邓小余心里还是惴惴不安，担心此事的严重后果。

　　可胡多多却彻底打击了邓小余："她就没对你抱过希望。"说完，他就拉着邓小余走到刘婉身旁在椅子上坐下。

　　胡多多对着摄影机微昂起头，略带放空的眼神一直看着前方，整个人都端着。

随着场外导演一

声"Action"，刘婉立刻换上职业性的

假笑，开始了自己的主持："大家好，欢迎收看今天的

校园新闻之毕业专题。我们今天有两个特殊的来宾，他们就是我们这级

优秀的毕业生，胡多多和邓小余同学。"说着，刘婉伸出纤纤玉手指向

旁边的两个人，"欢迎你们。"

胡多多点头致意，继而恢复了自己的艺术家风范："主持人谬赞了，

优秀自不敢当，在艺术和寻求真理的路上，我们永远没有毕业这个说法。"

"可你们却真真实实地为所有的毕业生准备了一部纪念性的电影。"

刘婉介绍着说，然后将话题转向自己也是所有同学都十分关注的问题，

"我听说，你们还通过一些私人关系邀请到了一位在全世界也非常非常

成功的人物。这人是谁，我不说，想必大家也都猜到了。"

自从坐上采访席，邓小余的脑子就一直嗡嗡作响，他只看见刘婉和

胡多多的嘴唇一直在动，但具体说了什么，他没有一点儿意识。好不容

易镇定了下来，他恍惚听见刘婉在说什么"纪念性的电影"、"成功人士"之类的话题，以为她在说导演胡多多。他觉得自己应该说点儿什么，不能让观众觉得导演太狂傲，于是他接话说："那其实真没什么！他也不是那么高高在上的。"这真的是邓小余眼中的胡多多，虽然导演经常说些自己听不懂，理解不了的美学话题、哲学思考，但在自己眼里，导演是个活生生的人，是自己身边的好朋友、铁哥们儿。

"我能理解你说的话，"刘婉充满热情地回应着邓小余，"因为这是你们其中一位生活中天天都会遇到的常态，不是么？因为没有距离，所以不会感到有什么特殊。"

"啊？"邓小余觉得自己是不是把话说拧了。

"你刚才也说了——"刘婉对邓小余充满深意地笑了笑，"那其实真没什么。"

邓小余终于明白了，他们俩说的不是一个人。一时他不知该如何应对，倒是胡多多极其配合地点着头，飘然地说："对，就是这么一回事！没什么！"

邓小余很无奈，毕竟是采访直播，他也不敢公然把这件事情揭穿，他终于体会到了，什么是真正的现场直"憋"。

㉓

咖啡厅的电视上，正播放着"多余组合"的现场直播，老 A 和西西还坐在那里进行推理游戏。

"她肯定找错人了，"老 A 很肯定地说，"绝对不是李岳那小子。"

"我倒觉得很有可能。"西西不同意老 A 的判断，"你看看那些照片，不整天拿相机的人能拍出来吗？再说樱子一直给他当模特儿。这就叫欣赏！"西西说完，吸了口面前的冰爽果昔，顿感清凉地打了个寒战。

"那就更不对了。"老 A 顺着西西的逻辑，继续反驳，"鲜花一般都不适合赏花人。"

"因为鲜花属于牛粪是吧？你怎么就不盼点儿樱子的好。"西西有些嗔怪老 A。

提起邱樱子，老 A 有些担心："都这么久还不回来，不行，别出什么事儿。"

西西拦住了老 A，一副只可意会不可言传的样子："小情人间的事，要出什么事也正常。再说人家李岳好歹也是学生里的人物，配得上我们樱子。"

"那小子他要是个人物，也是个反面人物，"说到李岳，老 A 的情绪颇为激动，"斯文中透着放荡，忧郁中显着变态。一说话就跟挤青春痘似的，嗖嗖地往外飙血……"

西西听到老 A 的形容，尤其是关于什么青春痘的时候，刚吸到嘴里的果昔怎么都咽不下去了。

此时的李岳正如老 A 所说，在学生会教室里，站在讲台上"飙血"——给他的学弟学妹们进行离别时的演讲。他异常激动，充满激情，脸颊上的青春痘也随着他的情绪上下跳动。

虽然天气很热，但李岳还是西装革履衣冠楚楚，在他身后的黑板上写着几个大字：学生会主席李岳毕业送别大会。他煽情地对

台下叫嚷着："学生会是学生群众的核心，是激情！是理想！是情怀！是崇高！虽然我即将离开学校，但在你们的心里我从未离开！希望大家继续坚持我们的梦想！"

台下的听众都被李岳感染了，拼命地拍巴掌。邱樱子恰如其时地出现在门口，含蓄地向台上的李岳挥了挥手。

李岳看到了邱樱子，颇有风度地向她点了点头，然后继续他激情四溢的演讲："不要太崇拜我，我的时代终究会过去，而你们的时代正在到来！谢谢！"

一场完美的演讲结束了，台下掌声雷动，邱樱子也跟着一起拍手。谁知已经走下讲台的李岳，突然折返，重新回到了讲台的中心，大声叫叫："燃烧吧！少年！"

所有人都惊呆了，肃静片刻后，整个会场的人都站了起来，以更为猛烈的掌声送别李岳。

李岳走过邱樱子的身旁，悄声对她说了一句："你到活动中心二楼的平台等我一会儿，我马上来。"说完，他挑动了一下双眉，在学生的簇拥下往外走去了。

　　邱樱子突然感到了紧张，因为周围的学生都在以怪异的目光看着自己，更是因为李岳最后的眼神在不经意间似乎瞟了一眼自己的胸部，邱樱子一手攥紧了自己的衣领。

　　㉕

　　学生活动中心二楼的平台并不算大，此时只有李岳和邱樱子面面相对。

　　李岳凑近邱樱子的脸，邱樱子有些不自然地往后退，靠到平台栏杆上。

　　"我就知道你会来找我，就像我知道我一直是在等着你一样。"李岳好像突然变了一个人，从刚才的慷慨激昂，迅速转换成现在的柔情似水。他一边说，还一边逼近邱樱子。

"李岳……"邱樱

子躲闪着不断靠近的李岳，"别这样。"

　　李岳毫不理会邱樱子的躲避，真诚地向她说出自己多年隐藏在内心

深处的愿望："虽然我们很熟，但我还是希望你在我当任的最后一天，

叫我一声——主席。"

虽然听到"主席"两个字很不舒服，但邱樱子还是微笑着看着李岳。

"今晚，我希望你能穿着它，与我一起度过难忘的夜晚。"李岳说着将手上的一个方形扁盒送给邱樱子。

邱樱子又惊又喜，她能够明白这是关于晚上毕业舞会的邀请。她刚想打开装着礼物的盒子，却感觉李岳一手搭在了她的肩上，凑在她耳边深情地说："知道是什么让我们如此接近吗？"

"是，是不是那个……么？"邱樱子满脸绯红，本来想说"爱"这个字，但看到李岳脸上的青春痘，怎么也没说得出口。

"是激情！"随着李岳的回答，邱樱子感觉他的手已经下滑到自己的背部，"是理想！"他的手又下滑到自己的腰部，"是情怀！"邱樱子感觉到李岳的手指在撩动着自己的身体，"是崇高！"李岳的手突然抓了一下邱樱子的臀部。

这突如其来的刺激让邱樱子始料不及，"啊——"的一声跳了起来，手上的盒子也被摔在地上，里面的礼物散落出来。邱樱子赶忙蹲下身子捡礼物，可当她看清究竟是什么礼物时，她觉得刚才李岳的动作带来的绝非刺激，而是冒犯：盒子里面装的是一套比基尼。

邱樱子抬头看李岳，发现李岳的笑容是那样的猥琐，她不禁感到一阵恶心。

"这就是你的崇高？"邱樱子用手指挑起了一条男士泳裤。

李岳忙将自己的"崇高"抢了过来："哦，这是我的，不好意思。今晚你穿在礼服里面，我们是不朽青春的一对儿，精神和肉体……"

"谁跟你一对儿了！"邱樱子愤怒地将手中的比基尼扔向李岳，"去你的激情！"她将上装朝李岳扔去，"理想！"这回扔过去的是短裤，"情怀！"邱樱子索性将整个盒子都扔过去，"崇高！"邱樱子发现手里实在没东西可扔了，想了想，就朝蹲在地上捡裤子的李岳的屁股狠狠地踹了一脚，"还有不朽的肉体！"想到李岳的那副嘴脸，她不禁打起了冷战，"败类！"发泄完之后，邱樱子愤然离去。

此时的李岳，身上挂着比基尼，头上顶着的上围耷拉了下来，罩住了眼睛。李岳气急败坏地一把拿开它，露出本色，用家乡话评价着邱樱子："我勒个去，还是这么不接地气儿！"说完就掏出电话，用标准普通话对着电话另一头柔情地说："小丽啊？我有一个礼物送给你……"

26

邱樱子一路狂奔，跑到了湖边的小路上。旁边有正在谈恋爱的男生女生，也有捧着书阅读的学生。

邱樱子感觉终于摆脱了李岳带来的恶心，就放慢了自己的脚步，刚才令人作呕的画面再次在脑海中袭来，想到老A曾告诫过自己那个人可能是个变态，邱樱子大骂自己："邱樱子，你就是个loser，简直是自取其辱，笨死了！"

旁边亲热、读书的学生，全都被邱樱子吓着了，转过头一起看着她。邱樱子一愣神，便快步走开。

这时，邱樱子的手机又响起了短信声，她没好气地点开，发现又是那个神秘追求者发来的：

黄昏来了，好美。还记得大三夏天的黄昏吗？你在湖边练习歌手大赛上要唱的歌，你弹吉他的样子很美。

原来不是那个变态李岳，邱樱子的心情略微好转。但究竟是谁呢？她仔细在短信中寻找着线索，喃喃自语："歌手大赛？难道是他？"

　　胡多多和邓小余在刘婉的引领下走到会演中心门口。

　　刘婉笑着对他们说："我给你们准备了个惊喜，你们看——"刘婉顺手一指，只见在演汇中心门口，立着两个一米八的易拉宝，上面写着："《1460》，导演系压轴毕业作品展映"。这就是胡多多和邓小余拍摄的影片。

　　邓小余眼看这事儿越来越失控，十分紧张地问胡多多："怎么办? 怎么办? 越搞越大了。"

　　"淡定!"

　　刘婉伸出手指向了大门："请吧——"

　　胡多多跟着刘婉气定神闲地步入中心，邓小余见胡多多执意继续，只得乖乖地跟在后面。

　　会演中心里早已座无虚席、人满为患。观众们看到他们来了，纷纷

年少
轻狂

站起身鼓起掌来。胡多多和邓小余从未见过这么多的观众，更没见过这样热情的观众，他们像在梦里一样，飘过人群。

看到这么多人，邓小余也暂时忘记了自己和导演的弥天大谎，情不自禁地开始盘算：哇，这么多人，早知道就收门票了！想到这儿，他有点惋惜地看了看胡多多。

尽管什么都没说，但胡多多已经从眼神中读出了邓小余关于金钱的思考，在心里直骂邓小余：庸俗，这个时候谈什么钱，咱们谈的是艺术价值！

看见导演瞪了自己一眼，邓小余明白自己

又庸俗了。他突然想起早上空空荡荡的大厅只有他们两个人，还有一个看门大爷，不禁向胡多多投去了崇拜的目光：导演，还是你有先见之明，之前的排演这么快就派上用场了。

胡多多明白邓小余的意思，冲他得意地挤了挤眼，意思分明是：那还用说？！

不得不佩服两个人的默契，什么话都没说出口，却进行了一场深入的交流。

胡多多和邓小余在众人欣赏的眼光中走到第一排，看见第一排的中间有四个并排空位。陈迈达一边热情地望着他俩，一边做拥抱状："恭喜恭喜！不愧是我最好的兄弟。看看，观众是多么的期待啊！"

陈迈达张开双臂，要将两人一同拥在怀中，胡多多嫌弃地躲开，邓小余笨拙地被抱住："小余，你记住，我陈迈达，是除胡多多外，你的第二个兄弟！"

陈迈达高兴地使劲儿拍着邓小余的背，拍得邓小余差点儿把肺都吐出来了："哦，谢——谢——了，松——松开。"

陈迈达松开邓小余，发现胡多多和刘婉已经坐下了，他就准备坐在刘婉的另一边，没想他还没完全坐下，刘婉就把他推开了："坐那边去，这是小余的位子。"

邓小余听到这话，把陈迈达挤到一边，轻轻地对他说："那，不好意思了。"说完就坐在刘婉的另一旁，陈迈达只得灰溜溜地坐在剩下的空位上。

这个时候，大厅里响起了广播声："请全场安静，放映即将开始。"掌声雷动。

陈迈达也跟着敷衍地拍了拍手，斜眼看了看邓小余和胡多多，各种羡慕嫉妒恨啊。

田橙橙骑着她那辆体感车，来到了周游身边。

周游正坐在一张长椅上，拿着绿色的手机发短信，看见田橙橙来了，赶忙收起了手机。

田橙橙还是发现了他试图隐藏的动作，还看见了老大的新手机："老大，什么时候买的新手机啊？颜色很潮嘛，让我玩玩。"

"玩什么玩？"周游赶紧转移话题，"让你想的计划想好了没？"

田橙橙指指自己的脑袋："早在这儿了！"

"真的？说来我听听。"

"我们需要潜入付明的宿舍，不过光想想他那乱七八糟的宿舍就让人受不了，再加上付明本人那诡异的神色，这个画面实在太美，无法直视。简直就像一个精神病院里住着一个精神病患者……"

"你能不能说点儿正经的？"

"我马上就要说到重点了！你也知道，付明的时间表雷打不动。我们要把时间锁定在四点五十五分，这时候他一定是听见闹钟响，立刻放下钢笔，匆匆打开电脑，登录邮箱，查阅邮件。而我会在这个时候敲响付明老师宿舍的门，借口嘛就是管他借书，并且伺机给老大你留门。听到我要借书，付明一定会到书架找书给我，老大你就要趁这个时候，从我们俩身后溜进宿舍，躲在桌子下。拿到书之后，我会暂时离开。老大，你只要在桌子下忍耐一会儿就行，因为一到五点钟，他就会戴上保健眼罩，躺在沙发上，做五分钟的眼保健操。你就可以在这个时候把 U 盘插到他的电脑里，一切 OK。但老大你一定记住啊，你必须要在五分钟之内完成任务。完成之后，你要快速再次回到桌子下面。我会掐好时间，在眼保健操结束的时候，再次敲响付明老师宿舍的门，他看到是我一定很诧异，但我的理由是还他书，他就会再次到书架去放书，老大你就可以趁这个机会开溜。任务成功，万事大吉！"田橙橙滔滔不绝地说完，最后还不忘摆出一个剪刀手。

　　周游一直听着："我靠。这么简单啊？"

"那有什么难的！"

周游将手一挥："那还不开始行动！"

㉙

四点五十五分，付明老师宿舍的门被人敲响了。付明离开电脑，开门后发现田橙橙正笑着看自己。

"什么事儿？"付明想不出有什么理由会让田橙橙来自己的宿舍。

"找您借本《源代码结构》。"

"都毕业了，才知道好好学习？"

"学习是不分时间地点的。"田橙橙一脸真诚地回答。

付明不再多说什么，转身走到大门对面的沙发上，田橙橙也跟着进到屋子里，特意将门虚掩，没有关严。

付明直接在沙发上坐下，对田橙橙说："里屋书架左手第三排，第二本就是，自己拿去吧。"

田橙橙顿时傻了眼，要是这样，老大怎么进来啊？她迅速想对策："老师，我随便进您房间不合适，还是您帮我拿吧。"

付明看了看田橙橙："够不着啊？"

田橙橙刚想辩驳，突然想到什么，就不再说话。

看田橙橙始终笑而不答，只是用充满期盼的眼神看着自己，付明无奈地叹了口气，从沙发上站了起来，走进里屋。

田橙橙冲外面招手，周游趁机溜进了屋，迅速地躲在书桌下，一切都如预想中一样完美。

付明把书拿出来给田橙橙，还对她说："不用还了，留着慢慢看吧。"

不用还？不用还哪儿行啊，我老大怎么出来呀？不过田橙橙此时已经顾不上这个问题，因为现在有更棘手、更迫在眉睫的问题，她看了一眼手表，问："老师，你是不是该做眼保健操了？"

"啊？"付明一时没明白她什么意思，也看了一眼表，"还有三分钟。"

"那咱们再聊三块钱……不是，再聊三分钟吧？"田橙橙有点儿语无伦次，是因为心慌，心想自己怎么这么粗心大意，没计划好时间。

"犯什么神经？赶紧回去！"付明将田橙橙推出了宿舍，并且将门重重地关上。

藏在书桌底下的周游，也在暗暗咒骂田橙橙，不过看到付明拿起鱼食去喂鱼了，心里才算踏实了点儿。谁知付明发现鱼缸里有一条死鱼，就想找捞鱼的罩子把死鱼捞起来。周游顿时觉得"死期将至"，因为他发现罩子就在自己的手边，他决定铤而走险，欺负付明老师眼神不好，迅猛地将罩子扔到远处。付明感到好像有什么东西晃过，仔细一看，发现了地上捞鱼的罩子，他有点纳闷，自言自语起来："怎么掉这儿来了？"

付明捞起鱼，径直朝着周游隐藏的书桌走来。周游捂嘴憋气，紧张异常。就在即将被付明发现的惊魂时刻，闹钟响了，付明将死鱼和罩子放在窗台边，拿起了按摩眼罩，坐在沙发上。周游虚惊一场，如蒙大赦，长出了一口气。看见付明戴上了眼罩，他蹑手蹑脚地爬进了里屋，之后的发展一切顺利，将U盘插入电脑，植入病毒。

完成任务之后，周游开始往门外爬，他觉得再待在这里实在危险，而且刚才也听到付明对田橙橙说不必还书了，他决定改变作战计划，不等橙橙的接应了，直接出去。爬着爬着，他竟然看到付明的脚已经挡住了他的去路。

被发现了……周游恐惧地抬起头，发现付明的眼罩并没有摘掉。他赶紧闪身躲开，原来付明正在门边的架子上摸着半导体，他将半导体打开后，房间里顿时充斥着帕瓦罗蒂的歌剧声。付明老师又坐回到沙发上，十分满足地躺了下来。

周游一边回头观察着付明的举动，一边轻轻地转动门锁。突然一阵敲门声，差点儿把周游的心脏吓出来。

付明躺在那里没动，问了声："谁啊？"

门外响起了洗衣房阿姨那熟悉的声音："付老师，您的四十八条内裤都洗干净了。"

眼看付明要起身，周游左顾右盼，看到旁边有个鞋柜，就急忙躲在旁边。

付明打开房门，签收了内裤，随手就放在鞋柜上。谁知道他放歪了一点点，直接将内裤都搁在了周游的脑袋上。付明刚又坐下，就又响起了一阵敲门声。

"又谁啊？"付明老师有些不耐烦。

"老师，我。"周游听到外面的声音，差点儿没哭出来，当然是因为激动。

付明开门，看到了满脸堆笑的田橙橙。"怎么又是你啊？干吗？"

"我借错书了，您给我换一本呗。"田橙橙自从离开这间房子，就一直在想该找个什么借口能再次回来。

"要哪本？"

"是《源代码架构》。"一字之差啊。

"等着啊。"付明转身又回到里屋去拿书。

周游对田橙橙作揖感谢后，即刻离去。付明从里屋出来，手里拿着书。

"那这本还您。"她把刚才那本递给付明。

"都送你了，拿去吧。"

"那我就不客气了！"说完，田橙橙特别开心地离开了。

田橙橙蹦蹦跳跳地走出教室宿舍楼，周游在外面笑脸相迎，两人击掌庆贺。

田橙橙把手中的两本书伸到周游面前："看，还有战利品呢。"

"都是好书啊，付明还真大方。"

"那还不是因为我，人见人爱，花见花开。"田橙橙一兴奋，就使劲儿晃了晃手里的书，一张发黄的纸掉了出来。

田橙橙捡起掉在地上的纸，打开一看，是一张医院的诊断通知书，上面写着：胃癌，晚期。

田橙橙当时就愣住了，周游看情况不对，将诊断书拿过来，看了一眼，面无表情，又将诊断书塞回到书里。

"我们能为他做点儿什么吗？"田橙橙一脸悲伤地问。

周游不说话，转身径直离开。

"别走啊，"田橙橙追上周游，"我们不能看着他这样啊。"

田橙橙刚想上前拉周游，可他却加快了脚步。田橙橙有些伤心，她没想到老大会是这么一个人，抱怨也脱口而出："你心里只有你自己的事儿。"

"我没有。"周游简单地回答。

这时，手机响了，是短信。周游拿出一直藏着的绿色手机，刚打开短信，就被田橙橙一把抢了过去。田橙橙看着短信的内容，是邱樱子发给周游的，再看看前面周游发给邱樱子的短信内容，一切都弄清楚了。虽然她已经猜到老大和邱樱子之间有问题，但那只是来自女性的直觉，如今终于有确凿的证据，证实了自己的猜想。

田橙橙一把将手机扔回给周游："你还说不喜欢她？原来这个才是你最重要的事儿。周游，我信错你了！"田橙橙快哭了出来，说完就转身飞奔而去。

周游默默地看着哭着跑远的田橙橙。

　　邱樱子猜到这个神秘人是谁之后，就飞快地跑回宿舍，从床下拖出一个箱子，打开了一个装吉他的盒子。一把小巧的木吉他呈现在眼前，邱樱子轻轻抚摸着它，脸上洋溢着笑容。

　　拿着木吉他，邱樱子再次跑回校园。她在林荫道上跑着，这画面简直美到了极致。

　　她一口气跑到了学校的击剑馆，在门口向里面张望着，但这里面的人都戴着面罩，让

邱樱子一时难以辨认。

乔治——来自国外的留学生，正挥洒着手中的剑，潇洒万分。他的对手已经招架不住，连连败退，最终被赶出场外。

取得胜利的乔治脱下了面罩，露出清朗英俊的脸。那一瞬，邱樱子也捕捉到了这张苦苦追寻的脸，还是帅到没朋友的那种，顿时变身花痴。

乔治也注意到了邱樱子，他习惯性地向她露出了女孩子根本招架不住的笑容，这个笑容比他的剑法还要出众。

邱樱子一下就受不了了，如同打了强心剂一般，一颗小心脏狂跳不止，她甚至担心周围的人会不会听到她巨大的心跳声。她立刻转身离开，靠在走廊的墙上，不断做着深呼吸，尽最大努力让自己冷静下来。

"Luna！"

听到有人叫自己的英文名字，邱樱子抬起了头，英俊的乔治正站在面前，她顿时桃花满面，尝试着向乔治打招呼："嗨，你好，好吗？应该还不错吧？"她已经紧张得语无伦次。

乔治听得云里雾里，很是糊涂。

看着一脸糊涂的乔治，想到自己的失态，邱樱子笑了。看见邱樱子笑了，乔治也对着她笑。

走廊上充满了两个人的欢笑……

乔治和邱樱子漫步在树林里的小道上，邱樱子有些腼腆，始终不敢直视乔治。终于，她还是鼓足勇气对乔治说："还记得去年的歌手大赛，你鼓励过我吗？"

乔治微笑着回答："Of course ！"

邱樱子依然低着头，怯怯地问："是你吗？是你说喜欢听我弹的吉他吗？是你吗？是你为了我……"

没等邱樱子问完，乔治就赶忙回答："Sure，I like it。"

终于等到了确切的答案，终于找到了那个神秘人，邱樱子猛然抬起头，发现乔治正怜爱地看着自己，邱樱子一下又低下头，偷偷笑了。"谢谢你为我做的一切，我也送你一份礼物吧。"

　　说着，邱樱子拿起吉他，拨动了琴弦。

那片笑声让我想起我的那些花儿，

在我生命每个角落静静为我开着……

她们都老了吧，

她们在哪里呀，

我们就这样，

各自奔天涯……

邱樱子的声音空空荡荡，随风而去。

33

邱樱子和乔治两个人边走边唱，一曲唱毕，他们已经走到了日晷台阶广场。

听邱樱子唱完，乔治不禁鼓起掌："Wonderful！真是太动听了！

太美了！"

　　邱樱子满足地看着乔治，乔治轻轻拨动了下邱樱子的发梢。夕阳照射在代表着感情的表白碎片上，金光反射在两人的脸上。反射的光吸引了乔治的眼睛，他被台阶上的表白碎片吸引，一脸惊讶。

　　他耸了耸肩，对邱樱子说："Wow, so romantic！"

　　邱樱子羞羞地说："我也觉得浪漫。"

　　"But Luna……"有个问题让乔治感到不解，"Who is 邱樱子？"

　　当邱樱子听到乔治问"谁是邱樱子"时，失望霎时就写在了她的脸上。是啊，乔治只知道自己叫 Luna，根本不知道自己的中文名字，更何况就他的中文水平，把这几个字念清楚了都费劲，更别说拼出来了。

　　她失落地对乔治说："乔治，对不起，我想我弄错了。"

　　"What's wrong？你做得很好，唱得也很好，晚上做我的舞伴好吗？"

　　"对不起，我不能做你的舞伴。乔治，祝你毕业快乐！"说完，邱

櫻子转身跑走了。

她的身后，留下了脸上写满茫然的乔治，他看着邱樱子离去的背影，问了一声："Why？"

34

傍晚六点，胡多多和邓小余的作品已经播放完了。演汇中心的场灯再次亮起，会场内响起了山呼海啸一般的掌声。

刘婉率先站了起来，对着左右两边做出了请上台的手势。胡多多志得意满地笑着走上台，表情十分自信，邓小余则有些腼腆。

台下的闪光灯一直闪个不停，不少学生都疯狂地想要拥上来。但他们并不是冲这部作品来的，嘴中嚷着的名字，是邓小余最不愿提及的人。

"可不可以给我个滕先生的签名照？"

"我也要。"

"我也要。"众人异口同声地喊道。

陈迈达向众人挥手致意："不要挤，每个人都会有的。"

胡多多尴尬地笑了笑，还没等笑容收起，他和邓小余就被激动的人群淹没了。

费尽力气，两个人从人群中爬出，回头看看，"滕先生"这三个字，被身后的人群有节奏地叫喊着，声音越来越大。

邓小余惊慌失措地看着胡多多："怎么办啊？"

胡多多一挥手："先撤！"

两个人缩着脑袋，压低衣领，也学着众人高举手臂，偷偷向出口走去。

他们的举动，被一个人默默地看在眼里。陈迈达一直黑着脸，冷静地注视着他们。

35

胡多多和邓小余借尿遁，躲在演汇中心的男厕所里。两个人进了一个"单间"，将门从里面牢牢地锁死。

邓小余真的很紧张："这回玩大了啊。现在我们怎么解释滕先生这事儿？观众们的情绪过分激动了，再这么下去该失控了。"

胡多多还能保持镇定："我问你个问题，从小到大你遇到你没有办法解决的事情，你会怎么办？"

"我就……我就努力试着解决。"

"如果这事儿你怎么努力都解决不了呢？那你怎么办？"

"那能怎么办啊——"邓小余放弃了，"只有逃避了？"

胡多多摇摇头。

邓小余不满地说："那你告诉我，你会怎么办！"

"我一般都采取艺术化的处理——"

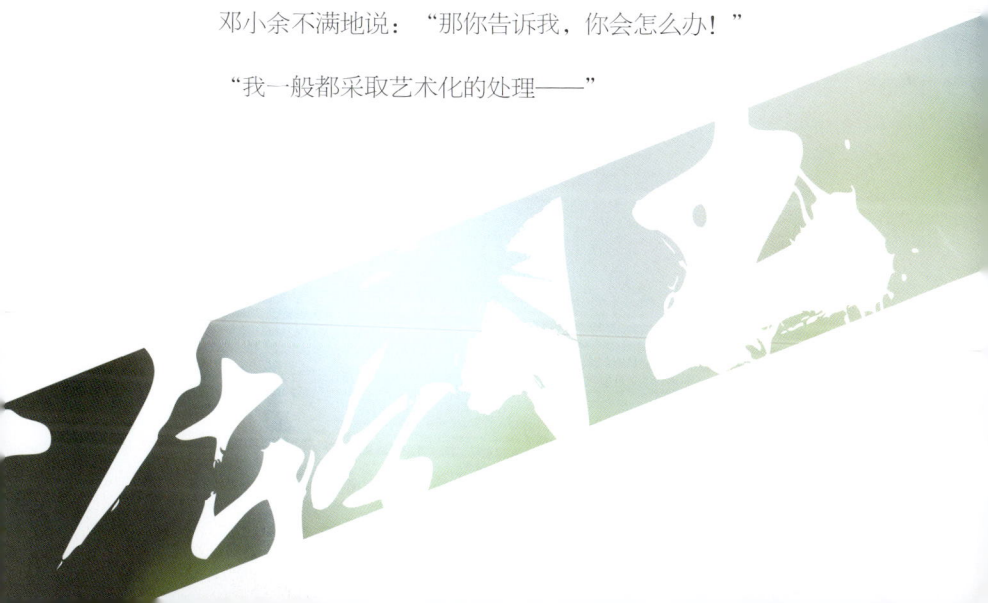

"啊？"邓小余心里又燃起希望，"是什么呀？"

"不表！"

邓小余最终还是泄气了："那不一样嘛。"

两个人决定离开这个地方，先回到宿舍再说。他们打开厕所门，谁知跟陈迈达撞了个满怀。

难不成他在偷听？现在已经顾不了这么多了，胡多多和邓小余仓皇离开。

陈迈达看着他俩的背影偷着乐："嘿嘿，晚上有好戏了。"

36

田橙橙正在图书馆外的台阶上，无聊地跳上跳下。手机响了，是一来自周游的短信，内容只有简单的一句：成绩单已经修改完毕，你帮送过去吧——

看完邮件，田橙橙一脸的不高兴，继续跳着台阶。但跳一个台阶，嘴里就念叨一个"去"，再跳一个台阶，嘴里又说一个"不去"，如此反复，每跳一个台阶，就说一句。最终跳上了最后一个台阶，结果却落到了"不去"。

得到这个结果后，田橙橙变得更不开心了。

37

晚上七点，田橙橙出现在系主任办公室的门口，她发现大门敞开着，系主任正和一位新来的老师聊天。系主任背着手站着，一脸深沉，仿佛一位哲学家。

田橙橙敲了敲门，系主任扭头看了她一眼，示意先让田橙橙进来在一旁站着。然后就把她晾在一边，开始对新老师进行说教："计算机科学，到底有没有尽头呢？有，就有！没有，就没有！"

新老师一边仔细记着笔记，一边若有所得似的品味系主任的精辟话语："有就有，没有就没有！"

　　"说得好！"系主任突然问，"谁说的？"

　　"您说的。"新老师有些迟疑地回答。

　　系主任满意地笑了，继续说道："虚拟世界，到底是不是真实呢？是，就是！不是，就不是。"

　　"深奥！确实不是，其实也是。"

　　"说得好！谁说的？"

　　"您说的！"这次新老师回答得斩钉截铁。

　　"错！"谁知这回系主任

否定了这

个答案，"这是我的老师教我的，但是你也要明白。"

田橙橙实在忍受不了这种对话，就咳嗽了两声，吸引系主任的注意。

系主任果然注意到了还有另外一个人的存在，他转头面向田橙橙："同学，他明白了，你明白了吗？"

现实版的唐僧啊！田橙橙此时也有要自杀的想法，但转念觉得还是尽快结束任务离开这里更好："嗯，主任您好，我是付明老师的课代表，他让我把这一届毕业生的成绩表给您。"说着，将成绩表恭敬地双手递给系主任。

系主任接过成绩表，觉得这又是一个教导新老师的话题，于是向新老师发问："考试能不能检测一个学生的能力？"

新老师试图用系主任的逻辑来回答："能就是能，不能就是不能。"

"当然能啦，"系主任给出了不容怀疑的答案，"要是不能，还考什么试啊？"

田橙橙再也受不了了，说了声："谢谢主任！我先走啦！"不等系主任答复，转身赶紧逃走。她充满同情地看了一眼新老师，不经意间瞟到了他一直认真记录的笔记本，发现对系主任无法忍受的不是只有自己一个，因为那个笔记本上其实没有一个文字，倒是有一幅漫画，是一坨大大的……

38

在图书馆里，东方神乞正面对电脑，飞速地敲击着键盘，在他面前散落着不少糖纸和糖果。周游很郁闷地坐在东方神乞的旁边。

"搞定！"多难的事儿在东方神乞眼里都是小菜一碟，"我建了一个虚拟中介，把那些个单身男女，全约到一起，会在指定的时间，出现在一一三教室。"

他又看了一眼旁边闷闷不乐的周游，就扔给他一颗棒棒糖："吃颗糖，别郁闷了，你做这么多，也算对得起他了。"

听了东方神乞的劝慰，周游故作轻松，"哎，"他看了一眼电脑屏幕，瞬间石化，"'非诚勿扰'？！这……"他实在想不到东方神乞会为这个项目起了这么个名字，"你就靠这个意淫度日了吧。"

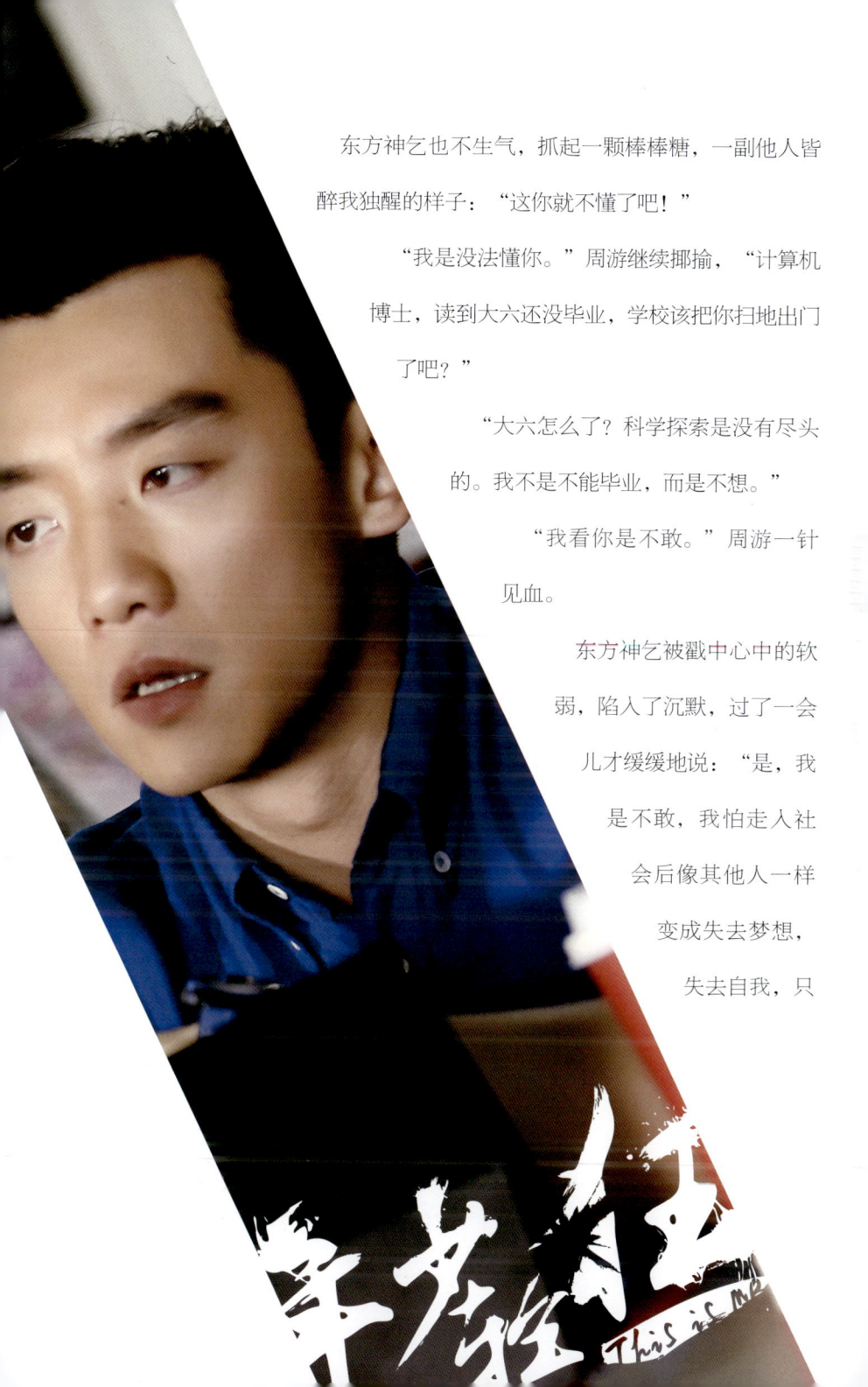

东方神乞也不生气，抓起一颗棒棒糖，一副他人皆醉我独醒的样子："这你就不懂了吧！"

"我是没法懂你。"周游继续揶揄，"计算机博士，读到大六还没毕业，学校该把你扫地出门了吧？"

"大六怎么了？科学探索是没有尽头的。我不是不能毕业，而是不想。"

"我看你是不敢。"周游一针见血。

东方神乞被戳中心中的软弱，陷入了沉默，过了一会儿才缓缓地说："是，我是不敢，我怕走入社会后像其他人一样变成失去梦想，失去自我，只知道朝九晚五的行尸走肉。"

"东方神乞也好，行尸走肉也好，还是看你自己。"

"这是毕业前给师兄的寄语？"无论多么不符合逻辑的话，放在东方神乞嘴里，都毫无违和感。

"那要看你怎么理解了。"

"那我就礼尚往来凭我多年的经验给你一个寄语吧。"东方神乞说。

"什么？"

东方神乞暧昧地一笑："说真的，橙子味儿，很适合你。"

周游心中一震，感觉自己也被东方神乞戳中心中最软弱的部分了。他是个骄傲的人，但这份骄傲有时也会让自己不敢面对自己的内心。谁都知道，田橙橙是周游的小跟班儿，但周游明白，她是默默地站在自己的身后，甚至是站在身旁，她为自己做了很多事情，在自己心情低落的时候，她会逗自己开心；在自己遇到困难的时候，她会支持自己并竭尽全力地帮助自己……周游已

经习惯了有她的世界和时光，下午看到田橙橙因为误会而痛苦的样子，周游的心都快碎了。

说曹操，曹操就到。正在周游想着田橙橙的时候，她就出现在他面前，把体感车的钥匙拍在桌上，不客气地说："你吩咐的事儿，我全都办完了，这个还给你。"说完转身就走。

周游不想再让她从自己身边走开，一把就拉住了田橙橙："我不喜欢欠别人，我得还他一大礼。"说完，就拉着她往外走。

看着周游和田橙橙渐行渐远的背影，东方神乞仔细品味了一下棒棒糖的味道，自言自语地说："世事轮回，因果循环，有些事情早晚要面对的。"

39

东方神乞的成果迅速在学生当中受到疯狂追捧，单身男女视之为结束单身的福音利器。

在一个凌乱无比的男生宿舍，箱子、废纸、散落的书本、满屋的电脑和烟灰充斥着各个角落。两个瘦瘦的男生正愁眉苦脸地坐在地上，手上不停地摇着手机，速度越来越快。突然一个男生发出号叫："出来了，出来了！"另一个男生也是抬头一声长啸："我也摇出来了！"两个人互相看了看对方的成果，不禁点评道："哇，超正点。"欣喜若狂的他俩高举手机，一起大喊："耶！我们有舞伴了！"

在日暑台阶广场，一个胖胖的女生和一个瘦瘦的女生正坐在神秘男生献给邱樱子的告白拼字的旁边，也在不断摇着手机，希望旁边浪漫的象征可以给自己带来好运。胖胖的女生突然跳了起来："我也有舞伴了！！！"同时，男孩发来了对话，上面写着：晚上九点，一一三阶梯教室，咱们在那儿会合？

胖女生点着头，甜蜜地对着手机发送着含糖量颇高的语音消息："好的。"

40

再过两个小时，就是毕业舞会了，同学们忙着准备，忙着在最后时刻敲定晚上的舞伴。因此，偌大的篮球场上显得十分空旷，只有老 A 和西西两个人在斗牛。

老 A 在防守，西西一边运球，一边和老 A 聊天："也不知道樱子能不能找到真心人。"刚说完，就身形一晃，准备过人，可老 A 一个箭步就把她的去路挡住，借机断球，球权转移到了老 A 手里。

老 A 运着球，做出了笃定的判断："反正不会是李岳那样的人。"

"都憋了四年了，好不容易最后一天有人爱她，她能不没大脑地病急乱投医吗。"

在西西说话的时候，老 A 找到机会投篮，可惜没有命中。

两个人的角色再次转换。

运着球的西西好像突然想到了什么："哎，

我有个问题一直想问你，今儿不问，以后就没机会问了。"

"什么问题？"

西西一脸坏笑："你大学四年也没交个女朋友，那个……是不是有问题啊？"

老 A 一愣，西西伺机带球晃过了老 A。

老 A 在西西准备上篮前，再次迅速挡住了她的前进路线，还不忘反击一下西西："你才有问题呢。没交女朋友就是有问题？"

"都什么时代了，做自己最重要。"西西一边运球，一边对老 A 说，"不管怎样，姐们儿永远支持你。"

"你还是关心一下自己吧，我是不想找，你是找不到。"

"切，凭什么说我找不到？"

"哪个男人会跟一个跆拳道黑带的女汉子谈恋爱？"

西西听了这句话，突然往后一撤步，愤愤地说："那是他们不懂欣赏。"随即投出一个漂亮的三分球。

老 A 慢悠悠地去捡球，但平日体力很好的他似乎有些疲惫："你赶紧找一个懂欣赏的人做舞伴吧,晚上落单多没面子。"

"行啊老 A,咱四年算是白交了,你都不主动给我当舞伴?再说了你不是也没有嘛。"西西看见老 A 的动作有些迟缓,就挤兑他说,"哎,你赶紧的啊,不会这么快投降了吧?"

老 A 连连摇头摆手:"我求求你了,别吓唬我啊,当你舞伴?"

"切,我还不稀罕呢!"西西突然想到毕业舞会之后,大家就真的要分别了,"过了今儿咱各奔东西了,邱樱子要去法国,我要去美国,只有你留在这儿,没了我们,你肯定不习惯吧?到时候别想我们想得哭死。"说完西西跑上前,要断老 A 的球。

老 A 加速,可还是在篮下被西西拦住了,又放慢了节奏:"其实我倒是挺担心邱樱子,那么弱。"

"她才不弱,她那是傻。"西西说,"你忘了昨天她喝完酒的样儿了?"

西西准备强行断球,老 A 顺势后撤跳投,球划过一道美丽的弧线,结果却砸在篮筐上。老 A 也不知道是怎么了,平时超准的投篮,今晚却

颗粒无收。球掉在了地上，向场外滚去，正滚到一个人的脚下。

老 A 和西西看到来人正是邱樱子，无精打采地站在那里。邱樱子捡起篮球，用力地扔向篮筐，却是一个三不沾。邱樱子越发丧气，没好气地看着另外两个人。篮球扑腾了一下，奔向老 A。老 A 习惯性地用左手接球，突然感到难忍的疼痛，就赶忙松开了球，改用右手将球抱在怀中。

看见邱樱子又出现在眼前，西西关心地问："你跑哪儿去了？不是李岳也不至于让你失踪吧？"

"别说那混蛋。"现在想想李岳脸上的青春痘，邱樱子还觉得恶心，"后来我又去找别人了。"

听到邱樱子的话，老A一怔，西西却很兴奋，连忙询问结果："怎样？"

"也不是……"邱樱子失落地回答。

"那是谁？"西西也有些糊涂了，但她仍然在鼓励着邱樱子，"总有人吧，一定不是一个恶作剧！"

邱樱子如释重负地长出一口气："是谁不重要了，重要的是，我还有你们，有你，有老A。这四年到了最后一天都没有爱情也不重要了，因为有了你们，一样的精彩，一样的让我这辈子都忘记不了。"邱樱子很真诚地说，然后对天大喊，"谢谢你老天！谢谢你对邱樱子那么好！"

"说反话吧？"老A拿邱樱子打趣儿，"你不怕老天爷劈了你？"

"讨厌！真的啦！"邱樱子娇嗔地打了一下老A的左肩，发现老A的面部抽动了一下，好像有点儿不对劲，刚想问问是怎么回事儿，手机又响了。

邱樱子拿出手机，难以置信地看着屏幕，短信竟然是给自己带来莫大伤害和羞辱的前男友居帅，可短信内容却充满了忏悔和深情：亲爱的樱子，最后一天，我发现全世界我最忘记不了的就是你，我们湖边见！我要给你一个惊喜。

　　邱樱子捂住自己的嘴，不让自己叫出声来。居然是他！他今天所做的一切，就是在忏悔他过去的所作所为，就是为了向自己表明心迹。她不知道该不该把真相告诉面前的这两个人，如果告诉他们的话，他们是一定不会让自己再去见那个人的。邱樱子决定暂时隐瞒一下："我……我想起来了，我还有几本书要赶紧去图书馆还了……你们先玩，一会儿见。"没说完，她就快步跑开了。

　　"瞧她那记性，都挤在最后一天。"西西已经习惯了邱樱子这种时不时犯"二"的性格。

　　老 A 只是"嘿嘿"地笑了笑。

41

邱樱子来到湖边的时候，发现居帅已经在那里等着自己了。

居帅看见邱樱子正向自己走来，没等她靠近自己，就对她大声喊道："大学第一天，你因为我，从这儿掉下去，今天，我愿意为了你，从这儿跳下去，我要证明这份爱，这就是我要给你的礼物。"

"你有病啊！"邱樱子连忙制止，"赶紧过来，你又不会游泳，掉下去会有危险的。"

"你知道爱情对我有多么重要吗？它比生命还重要。"居帅不理会邱樱子的劝阻，继续自己的告白。

邱樱子觉得他的逻辑有些可笑："你连自己的命都不珍惜，你有什么资格说爱情，说珍惜别人？大学四年我都没有爱情，我一直被当作个笑话，没人敢追，直到今天，我都没法找到我想找的那个人。难道你比我还惨吗？"

"难道我不是你想要找的人吗？"居帅追问。

邱樱子一时不知道该如何回答，他真的是我要找的人吗？就在她充满疑惑的时候，周围已经聚集了越来越多的人。从人群中跑出三个女孩，都大声叫道：

"居帅，别跳！"

"别再闹了，快过来！"

"我愿意跟你和好！"

邱樱子愣住了，问这三个女孩："你们谁啊？"

没想到三个女孩异口同声地给出了相同的答案："我是他女友！"

邱樱子猛地回身，恶狠狠地盯着居帅，心想：你这是要凑桌麻将啊！她朝居帅走去，猛地抬腿，将他踹进了湖里。

在众人瞠目结舌的注视中，邱樱子潇洒地走出了人群。

42

胡多多正在宿舍里手忙脚乱地收拾行李，桌上的臭袜子、闹钟、游戏机手柄、吃剩的馒头，一股脑儿地扫进箱子里。邓小余不明就里，只是机器人一般帮着他，也把东西往箱子里塞，却笨拙地拉不上拉链。

"笨手笨脚！"胡多多埋怨着邓小余，然后又对他下达指令，"快！把我的女朋友们拿过来。"

邓小余想了一会儿，才反应过来他的"女朋友们"到底是什么。哦。"邓小余爬到床下，拖出一个纸箱，里面堆满了动漫杂志，封面一水儿的爆乳美少女。

胡多多抱起一摞杂志，狠狠亲了一口，无限伤感地对"女朋友们"说："宝贝儿，委屈你们了，哥哥带你们去周　　　　　游世界！"

邓小余一屁股坐在箱子上，　　　　　　　　　　颓然地问胡多多："导演，咱们　　　　　　　　　　　　　　　　真跑啊？"

胡多多没好气地说："怎么，你不跑啊？行，你待在这儿，看他们怎么分尸了你。"

"我就说不能骗人，你偏不听，现在弄到要跑路的地步。"邓小余抱怨着。

"跑路最重要的就是抓紧时间，你别跟我废话了。赶紧的！"胡多多说着，就往邓小余身上挂满了包，"好好，走了走了。"

胡多多和邓小余两个人快步走出楼道，没想到有人挡住了他们，是陈迈达。"还有一个小时，毕业舞会就开始了，去接滕先生也不用这样大包小包的吧？"他一脸坏笑，阴阳怪气。

胡多多向邓小余使了个眼色，转身又往楼上走。

二人无路可逃，无处可去，只能来到宿舍

楼的天台，凭高远眺夜色中的校园，喝着啤酒，吹着风。

胡多多仍然充满诗意地看着眼前的世界："站在这儿看风景，真像是假的。虚幻的世界在等待着我这双澄澈的眼睛！"

邓小余显然没心情领会导演的美学思考，在他心里残酷的现实已经让自己无法思考："导演，咱们现在怎么办？"

"这种危机公关的事情不是导演应该做的，你来处理吧。"

"你的意思是又让我扛了？"

"还不都怪你。"胡多多埋怨着邓小余。

"怎么又怪我？我都说不能骗人！"

邓小余的反抗让胡多多很不满："敢教育我了啊？要不是你喜欢刘婉，咱们怎么会这么囧？"

邓小余喝了一大口啤酒，把瓶子往地上一摔，四年的恶气突然全部喷发了出来，他指着胡多多的鼻子："胡多多！大学四年我帮你顶了多少雷，大一你要拍片儿，我骗家里钱帮你凑费用，

挨了爸妈一顿打。大二你在女生宿舍门口搞什么脱光行动，我替你殿后，挨了她们男朋友一顿打。大三你又让我找一百对情侣搞分手调研，没分手的说我咒人家分手，分手的说我揭人家伤疤，两拨人马追着我打。终于熬到毕业了，你丫又整出么蛾子，非得找素材套剪什么滕先生独家专访拿去做简历，这让人家知道是假的，全校都得骂你是骗子，你还好意思怪我！"

胡多多愣住了，平时唯唯诺诺的邓小余突然爆发让他惊讶，更让他惊讶的是原来自己干了这么多不靠谱的事儿。他还想硬装出满不在乎的样子："邓小余，你是制片人好吗，这不是你应该扛的吗？"

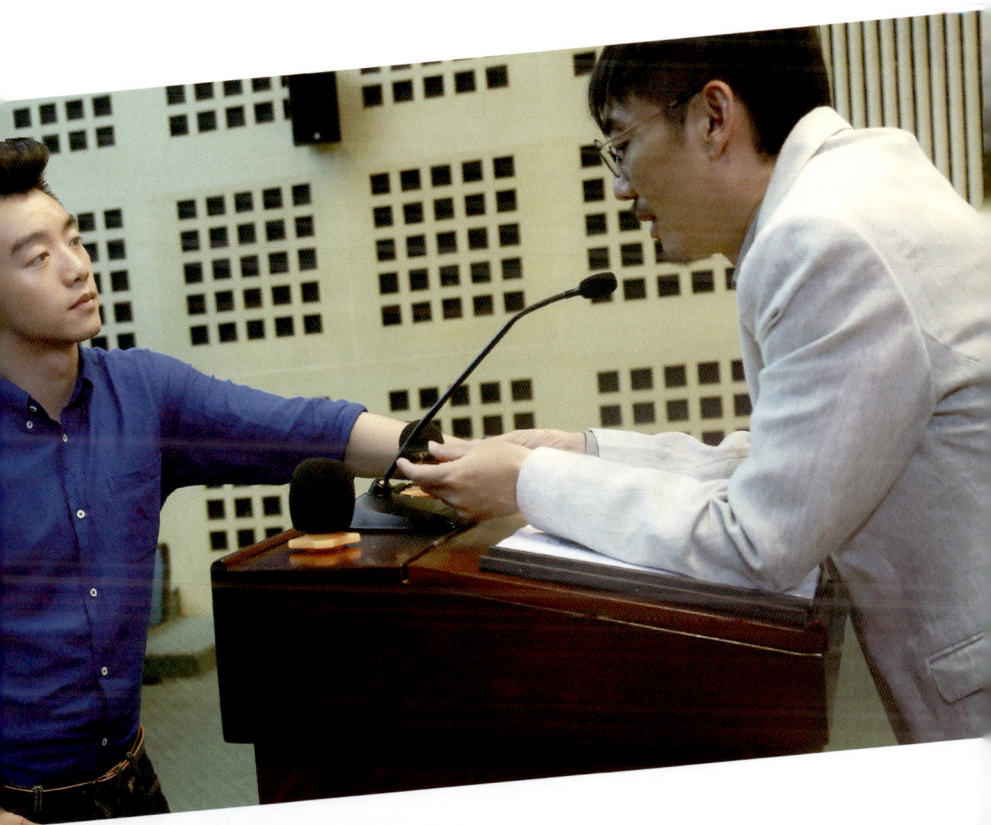

"扛你妹。"邓小余直接挥了一拳过去，正中胡多多的鼻梁，胡多多也毫不示弱，立即还手。

两个人再次厮打在一起，双双摔倒在地上，决斗重新上演。

43

一一三教室已经人满为患，不仅所有的座位已经坐满，就连过道也都站满了人。毕业生中有许多已经穿上了舞会的

衣服，各种奇葩的扮相、服装、发型和妆容，整个教室显得与平常大不一样，带着一种节日的气氛。而周游和田橙橙，也混在其中。

付明推开了教室的大门，今天的他让周游觉得有些不同——他戴着金丝边眼镜，一改往日乱糟糟的形象，穿戴得很整齐。

而教室里盛大的热闹景象，也让付明感觉有些无所适从。他有些迟疑地走上讲台，疑惑到底发生了什么，眼前的一切和自己的经验严重不符。

不明就里和自以为洞悉事态的学生们全部安静下来，可付明依旧是那一副了无生趣的样子，转身开始在黑板上写公式。周围的学生们明显有些按捺不住，开始不断地窃窃私语。周游从兜里拿出手机，没想到拿出来的是那个绿色手机，他自言自语："又拿错了。"周游刚把绿色手机放回去，就听到了如雷的鼾声。周游和众人都被这么浓重的呼噜声震撼了，他们都在寻找它的主人，最后发现原来是一个胖胖的姑娘。

付明走下讲台，来到胖姑娘面前，重重地敲打桌子。胖姑娘被惊醒了，揉揉眼睛对付明解释："老师，我是来等舞伴儿的。借您教室睡会儿，您讲您的。"

付明心想，不是你打扰我，倒是我打扰了你。转过头，看旁边一个也在睡觉的男孩正好醒来，男生看见老师正在看自己，也连忙解释："老师，我也是来等舞伴儿的。"

"等舞伴儿？"付明一脸疑惑。

突然，一个高个子男生举手示意："老师！什么时候拍毕业照？"

"毕业照？"付明更加疑惑，他环视着教室，突然发现了周游。付明好像突然明白了什么，微微一笑，喃喃自语说："这个臭小子。"

44

男生宿舍天台上已经一片寂静，胡多多和邓小余四仰八叉地躺在天台上，一动不动。

一阵凉风袭来，已然筋疲力尽的他俩各自叹了口气，挣扎着爬了起来。

胡多多没想到跟了自己这么多年的兄弟，还有这样的好身手，就赞叹道："看不出来你小子还挺能打。"

"你天天捅那么多娄子，全校的人都跟打过街老鼠一样撵我们，我还不学点儿防身的。"邓小余倒是实话实说。

邓小余为自己扛了这么多，胡多多十分内疚，他真诚地对邓小余说："是我对不住你，但是你知道吗？导演最需要的是什么？是观众。我大学四年做了那么多荒唐的事儿，就是为了让别人看到我，我真的渴望大家像今天那样对我露出那种崇拜的眼神。"

邓小余坐到了胡多多的身边，也很真诚地说："我都懂，因为我从小也想当一个导演，只有在电影里小人物才能变成大英雄。你比我有才华，比我更适合做导演，所以我愿意跟你一起干，哪怕当个小跟班儿我也愿意，因为你能实现我们共同的梦想。"

听邓小余这么说，胡多多有些尴尬，想说个笑话岔开话题："原来你是我第一个粉丝啊。"

"现在全校都是你的粉丝，怎么办？"邓小余又将残酷的现实，摆在两个人面前。

胡多多一下瘫坐在地上："还是跑吧。"

邓小余苦笑着看了看时间，摇头说："没时间，也跑不了了……这下不表都不行了，还必须给大特写！"说着，他故意用手指摆出取景框的样子，对着自己的脸。

胡多多被邓小余逗乐了，但想到现实，又绝望地说："距离死期又近了一步。"

没想到邓小余却站起身，轻松地笑了笑："算了，为你扛了四年了，也不在乎最后一次了，我去舞会上说清楚，告诉大家这是我的一个谎话，你也被我骗了。"说完，邓小余就拖着矮矮的身影朝楼下走去。

胡多多想叫住他："邓小……"可最终还是没能叫出来。

胡多多孤独地坐在天台上，形单影只，他默默地看着校园，默默地吹着风，默默地想心事。

"都帮你扛了四年了，也不在乎最后一次了。"邓小余的话始终在耳边萦绕。

胡多多深吸一口气，做出了最后的决定，朝前走去，来到天台边，望着脚下那片繁华的景象……

45

　　一一三教室内，付明在黑板上写着复杂的计算机公式，下面的学生只有周游和田橙橙在认真地听着，而其他的学生则根本没有听付明讲课，各顾各地聊着晚上毕业舞会的事情。周游的忍耐终于到了极限，冲着大家大声喊道："能不能安静点，不听的都出去。"

　　教室安静了，付明转过身看着哑口无言的学生们。沉默片刻，他开口说道："很多年前，我也是你们中的一员，认为自己很优秀——当然了，我的确很优秀。"

　　学生起哄地笑着，付明并没有理会，继续说："我坐在教室的角落里，搂着妞儿，肆无忌惮地嘲笑老师，我要告诉他不用听课，我一样考满分。"

　　周游心头一跳，这不正是自己吗？而且他马上意识到自己的手正搭在田橙橙的椅子背上，于是尴尬地收了回来。

　　"我击败了所有竞争对手拿到了金智奖。"看着有学生露出质疑的表情，付明掏出写着"金智奖"字样的钢笔，"我认为自己是个天才，谁都没我牛×，那时我甚至以为自己能改变世界。"

听到老师开始使用自己的语言，开始说出自己心里的话，学生们兴奋的口哨声四起。

"可是当我踏出校门后，一个叫'现实'的哥们儿狠狠地抽了我个大嘴巴，当时我就晕了，好久都没缓过来。后来我明白了，走出校门后的我其实就是一个把文凭挂在嘴上的民工。我的妞儿也许有一天会被别人搂着。"

周游心头又是一震，他可不想这样的事情在自己身上发生，又把手放回了出橙橙的肩膀上。

"我的房还他妈是一片远郊的农田，我的车永远就是生锈的大二八。就连我引以为豪的这支钢笔，"付明顿了顿，看看手里的笔，苦笑了一下，"有时候还他妈的不出水。你发现所有当时你觉得是傻×，"教室此刻完全安静下来，听见付明爆粗口了，个个都诧异地看着他，"大傻×的人都在嘲笑你。惨吗？呵呵，还有更惨的呢……我可能活不了多久了。"

　　同学们面面相觑，满脸的表情都是不敢相信。

　　"但是，我今天还是站在你们面前，没有滚回被窝里哭。因为现在我明白了，成功不算什么，在人生的最低谷别趴下，才是真牛×。"付明伸出手指着在座的每一个人，语气很重地说，"你们！你们这一个个的！可能这四年没有从我这儿学到什么。但是如果有一天，我是说如果，当你们遭遇挫折，你们能想起我的这句话，然后站直了，别趴下！无论我那时在哪儿，都会为你们感到骄傲！"

　　周游的眼眶有些湿润，而田橙橙早已经泪流满面。

　　付明收起了自己的书本，平静地说出了结束语："行了，下课吧，感谢你们听我说了这么多废话，祝大家舞会玩得开心。"

　　教室安静片刻后，即刻响起如雷的掌声。所有人全体起立，集体向付明老师鞠躬致意。

　　学生们渐渐走光了，教室里只剩下周游和田橙橙，他们没说话，也没动。

付明看了一眼周游："我教你的一点儿没浪费啊。"

周游的眼眶红了："喜欢这个礼物吗？你上课太逊了，都没人来听。"

"那改成绩也是给我的礼物吗？"原来他早已经知道了周游的伎俩。

周游只剩下了苦笑："看来我真是拿不到这个奖了。"

"你真的这么想要？"

"也许吧。"面对付明老师的问题，周游第一次不那么确定。

付明摆摆手，拿起书本离开了教室。

邱樱子落寞地打开宿舍的门，哀怨地叹了口气。她打开灯，发现书桌上摆着一个精美的盒子，边上放着一张卡片，上面写着：邱樱子。又是那个神秘人物送给自己的，但邱樱子发觉自己已经不再兴奋和期待了。她将盒子打开，看到里面是一条裙子。

又一条短信蹦了出来，邱樱子打开一看，短信里写着：

灰姑娘也值得有一件完美的礼服，更别提真正的公主了。来吧，穿上它，今夜的你注定完美。

邱樱子又叹口气，没好气地盖上了盒子。

西西在这个时候推门而入，看见邱樱子，算是松了口气，但还是焦急地询问："找你半天了，晚上图书馆根本就没开，你到底到哪儿去了啊？"

邱樱子不知道该如何回答她，只是挤了个笑容给西西。

西西看到了邱樱子身后的礼盒，充满好奇地问道："这哪儿来的啊？"

邱樱子已经懒得说话，直接将手机递给西西。西西看完短信，变得异常兴奋，赶紧催促邱樱子："那你还不赶紧穿上完美完美去！人家都说你是公主了！"

"我不想去，我累了。"邱樱子说完，顺势就要往床上躺。

西西赶紧拉住邱樱子，但邱樱子甩开西西的手，还是躺下了。

西西有些不明白，忙活了一天，不就是为了找到他吗？等待了四年，不就是为了迎来一段爱情吗？她不能理解邱樱子在最终的放弃："干吗不去啊？"

"就这样吧，见不见到他，或许并没有那么重要。今天的经历，也算是让我的大学四年圆满没有遗憾了。"

"那不行，他送你这个，"西西指了指裙子，执拗地说，"就是要让你惊艳全场！王子只会在最后出现，童话里都是 happy ending。"

邱樱子看着天花板，突然唱起了歌："你哭着对我说，童话里都是骗人的。"

西西一怔，接着就扑哧笑了。

邱樱子对西西无奈地耸耸肩。

"走！咱们一起惊艳全场。"邱樱子还是被西西拉了起来。

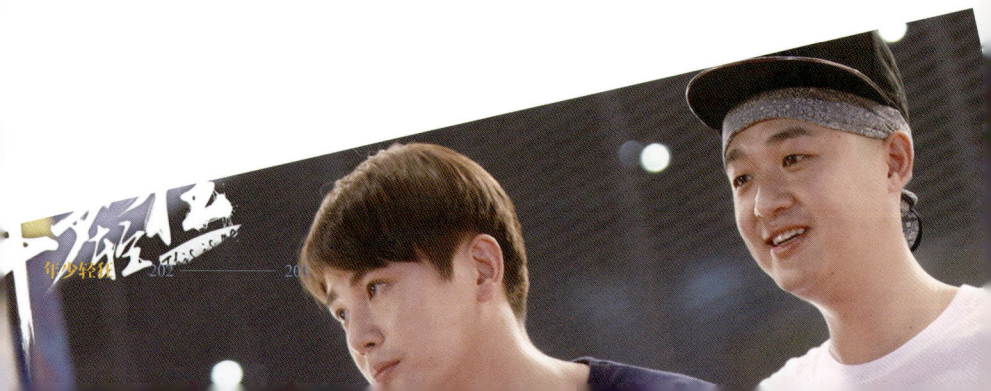

舞会现场的灯光已经被全部打开，红毯被灯光照亮，璀璨夺目。摄像师们将设备架设完毕，工作人员也在做最后的检查工作，现场一片繁忙景象。

刘婉穿着盛装站在主台上，化妆师为她做着上场前最后的妆容修整。台下的陈迈达对着刘婉献媚，可刘婉白了陈迈达一眼，扭头到一边。

舞台的四周已经站满了学生，期待着最后的狂欢。

终于，刘婉站上了舞台："四年，这里充满了快乐；四年，我们在这里相识相知；四年，我们收获了知识也收获了友谊；四年，在今天却显得那样短暂。我们虽不能定格时间，但我们能留下回忆。同学们，在今晚，释放你的青春，点燃你的热情，为这四年画上一个圆满！展开双臂，迈开脚步，走出你华美的人生！现在舞会红毯正式开启！"刘婉说完，闪光灯频闪。

现场沸腾了。

红毯上，各种欢乐搞笑的造型轮番上场。在一一三教室里寻找舞伴的那些单身人士，居然速配成功，他们拉着手，穿着帅气的衣裳，跑过红毯。

此时，只有邓小余躲在红毯尽头位置的黑暗角落里，他在不断地为自己打气："不准怕，不准怂，不准跌份儿。抬腿，抬腿。"

邓小余使劲拍打着自己的腿，但这条不听话的腿就是不抬。

邓小余有些愤恨自己，怎么这么让人失望："没用的东西，抬！抬！……算了，还是先上个厕所去。"

48

红毯已经十分热闹，但一个人的出现让舞会掀起了高潮。

这个人就是邓小余，他一个人出现在红毯边。顿时，所有的相机、灯光全部对准了他，白光如火山爆发般刺过来，邓小余脑海一片空白，一双腿抖得像筛子一样。

　　但他知道，该要面对的，总要面对。邓小余深吸一口气，朝舞台走去，闪光灯不断追逐着这个"神之子"。

　　此时的刘婉正手持麦克，焦急万分地不断寻找。终于，她捕捉到了邓小余，如释重负。刘婉把邓小余一把拉上舞台，还没等她开口，台下已经是掌声、欢呼声雷动不止。

　　刘婉借机小声地问邓小余："你们去哪儿了？滕先生呢？胡多多去接了吗？"

　　邓小余没有回答，伸手拿过麦克风，面容上写满了羞涩，该是结束的时候了，他深吸一口气，准备坦承自己的错误："各位……"尽管声音并不激扬，但整场都被吸引了，DJ也知趣地关小了音乐，顿时，现场所有的躁动都停了下来，他们都看向邓小余。

　　邓小余本来已经平复的心情，又被满场的关注搅得忐忑不安：

"我……叫邓小余，是导演系的毕业生，四年来我一直默默无闻，连同班同学都不认识我，但是今天……谢谢大家让我体验了一把走红的感觉。"

邓小余本来想给大家鞠躬，可心慌意乱地却给所有人敬了个少先队礼，全场哄笑。

邓小余已经不在意大家的哄笑了，因为他知道，后面还有更严重的事情："但是我觉得很羞愧，因为这一切都是假的……"

台下的陈迈达露出得意的笑容，但他觉得邓小余还是有些遮遮掩掩，他要加把火，于是在台下大声喊道："什么假的？"

刘婉的内心也开始了隐隐的担忧，她看了眼邓小余，发现邓小余的表情异常严肃。

"我知道，大家都很期待今晚滕先生会来。是我让你们产生了误会，是我没有勇气在喜欢的人面前，"邓小余偷偷瞟了一眼刘婉，"承认自己的无能。是我错了，我欺骗了你们，我让你们失望了。"

"是我们让大家失望了。"突然，邓小余背后传来一个熟悉的声音。

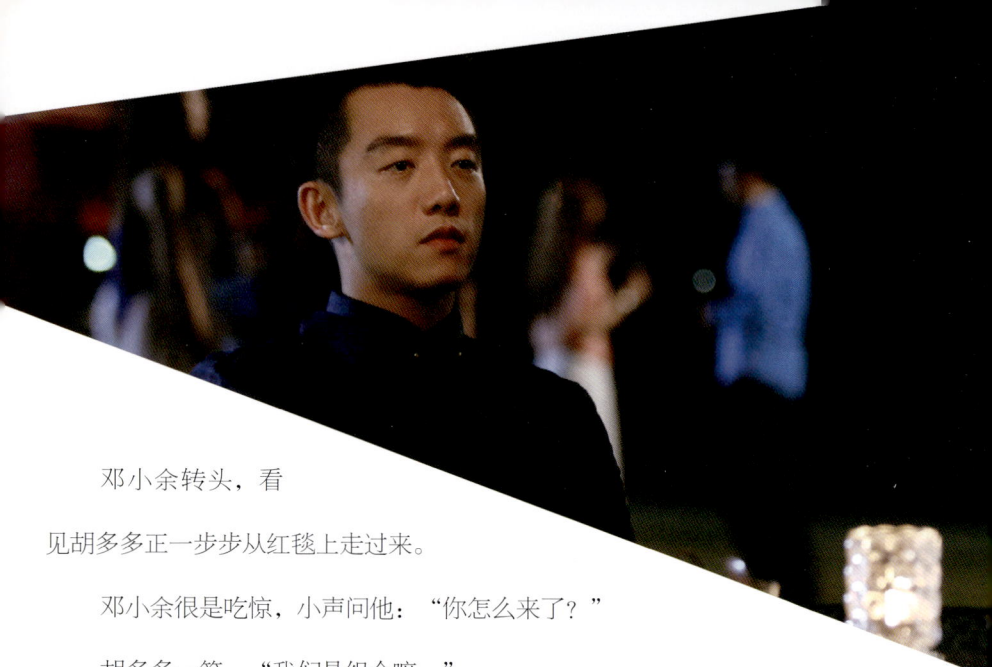

邓小余转头，看见胡多多正一步步从红毯上走过来。

邓小余很是吃惊，小声问他："你怎么来了？"

胡多多一笑："我们是组合嘛。"

邓小余露出感激的微笑，冲好兄弟点点头。

胡多多拿过麦克风，和邓小余一样来了个深呼吸，转身面对观众："我不会让我最好的兄弟在这一刻扛下所有的罪，对不起大家！滕先生今晚不会来，这一切都是我导演的，对不起！"

现场骚动了起来，这两个人的话引发了大家各种议论。刘婉不敢相信他们说的话，不停地追问："你在胡说什么呢？说什么呢？"

邓小余此时感觉自己充满了勇气，他面对刘婉不再回避，而是坦诚地说："是真的。我们骗了大家。"

邓小余话音刚落，远处就发出了尖叫声！

现场所有的灯光全部转向一个方向，刚才还聚焦所有光芒的胡多多和邓小余站在了黑暗中。他们一时有些不适应，努力地想看清前方发生的情况。结果，他们的心脏都快跳出来了，因为他们看到：一辆宾利车缓缓驶来，宾利车门打开，先是一个手杖，然后是一条腿，接着，一个男人缓缓走下车，记者疯狂拍照，尖叫声再次一浪盖过一浪。

胡多多和邓小余脑海一片空白，他们已经认出：这个男人就是滕先生。

刘婉同样认清了，开始大声尖叫："滕先生！是滕先生！"

邓小余和胡多多不敢相信自己的眼睛："我靠，不是真的吧？"

刘婉根本没听他们在说什么，因为她的兴奋已经难以掩饰，她崇拜地看着邓小余："你太有才华了，还玩个剧情大反转。"说完，刘婉亲了邓小余一下，立刻跳下舞台，朝宾利车奔去。

舞台上只剩下胡多多和邓小余，无人理会。他们俩相互对视，露出完全茫然又惊恐的表情。

"胡多多，刚才你真爷们儿。"邓小余向他伸出大拇指。

"想看更爷们儿的吗？"绝处逢生的胡多多变得豪情万丈，"走！"

"现在？"

"愣着干吗？多好的素材啊，这是咱们纪录片的片尾啊。"

两人钻入人群之中。

49

周游和田橙橙站在舞台二楼的平台上，看到滕先生的出现，周游露出了惊讶的神情。

眼见老大的样子，田橙橙有些小得意："我说他会来吧。你还不信。"

周游喃喃地说了一句："他没跟我说要来。"

周围的

音乐声太吵，田橙橙没听清

楚，只隐隐约约地听到了什么："啊？跟

你说？说什么？"

"没什么。"

看见周游神秘的样子，田橙橙又想起白天的事情，于是噘着嘴对他

说："你神神秘秘一天了，还有件事儿没跟我解释清楚。"

"什么？"

"对邱樱子告白的人是不是你？"田橙橙在内心期盼着一个否定的

答案。

谁知周游还是一副神秘分分的样子："一会儿你就知道了！"

在刘婉的引导下，滕先生儒雅地走上舞台。舞会现场所有人都疯狂起来。

刘婉充满激情："欢迎我们的传奇师兄——滕先生！"说完，将麦克风递给滕先生。

传说中的滕先生终于露出了真身，他面对自己的学弟学妹侃侃而谈："相信在这四年里，你们迷茫过、放弃过、疯狂过，也醒悟过、坚持过、努力过，你们也演绎了每个时代的主题曲，如果有一天，你遇见了大学的自己，请不要上去就给他一个耳光，骂他没有好好地善待青春，你应该握住他的手，真诚地说一声——谢谢你！所以现在，请善待青春，能够被回忆的青春都是我们挥霍过的青春，所以孩子们，今天就尽情地挥霍吧，至少证明我们曾经年少轻狂过！"

掌声雷动，随即又被足以让人点燃热情的音乐声盖过！

滕先生从台上下来后，与学生们打过招呼后，径直朝周游和田橙橙走来。

周游喝着酒面露尴尬之色，旁边的田橙橙则一脸兴奋。待滕先生在他们的身前站定，田橙橙已经说不出话来，倒是周游，竟然用冷冷的语气问这位传奇人物："我没拿到奖，你还来干什么？"

"我又不是来参加颁奖典礼的，我是来参加我儿子的毕业舞会。"滕先生的回答，充满了舐犊之情。

一切都真相大白，最吃惊的就是周游身边的田橙橙，跟了老大这么多年，从来都不知道其中的渊源："天哪，滕先生是你爸？我还以为真是邓小余的……"

周游打断了田橙橙，诉苦似的说："有这么一个出名的老

爸，你试试？绝对够你喝一壶的。"

　　滕先生笑了笑，不以为意："其实你得不得奖我都会来。"

　　"那你不早说。"周游有些埋怨自己的父亲。

　　"你爸就是想给你个惊喜嘛。"替滕先生回答的竟然是付明老师，他不知不觉已经来到三个人的旁边。

　　看见付明，滕先生显得十分高兴，上前和付明来了个拥抱。

　　周游十分惊讶："你们认识？！"

　　看到周游的惊讶表情，付明和腾先生拥抱着大笑。

笑过之后，付明将自己金智奖的钢笔拿出来，郑重地递给周游。

周游充满疑惑，看看滕先生，又看看付明，开起了玩笑："干吗？找我签名？"

付明笑了："送给你。"

周游大吃一惊，再也不敢开玩笑："为什么？"

"因为你值得拥有它。"付明老师充满赞许地看着周游。

滕先生哈哈大笑："哈哈，这支我当年求之不得的钢笔，到底还是来我们家了。"

田橙橙站在一边，一直在思索一个问题，实在忍不住就小声地问周游："老大，你为什么不姓滕呢？"

周游看了一眼滕先生，转头对田橙橙说出了从未对任何人说出的秘密，谜底其实特别简单："我跟我妈姓。"

滕先生看了眼田橙橙，自己儿子身边还从来没出现过女孩子，他问："这位是……"。

田橙橙正在想该如何向滕先生介绍自己，还没等想好，就被周游一把拉到怀里。这举动让田橙橙更蒙了，直到周游代替自己向滕先生介绍后，她才差点儿幸福得昏过去。因为，她听见周游说：

"这是我女朋友。"

田橙橙满脸通红，除了因为在滕先生面前有些害羞之外，更多的还是因为幸福的喜悦。自己跟在周游身边这么长时间，早早就被他的才华和为人吸引。但她始终不自信，认为周游不会喜欢上自己，因此就只是默默地陪着他，哪怕能为他做一点点事情，都能让自己开心。没想到周游会主动地表白，今天真是她人生当中最幸福的一天。

滕先生和付明对视一眼，哈哈大笑。

52

邱樱子和西西打扮好出现在舞会现场，邱樱子一袭小礼服，清甜可人。西西一改中性的打扮，女人味十足，很是性感。

一个哈利·波特式的羞涩小男生，怯怯地向两人走来，他的手里拿着一枝玫瑰，眼神中充满了深情。

邱樱子怀着期待的目光，神色却有点不安。

男孩走到西西面前，把花送给了西西："你今晚真美，能请你做我的舞伴吗？"

西西的脸红了："我……这个……"

邱樱子轻轻地把西西推出去，在西西耳边说："快去吧。"

"那你呢……"西西关心地问。

邱樱子佯装笑脸："没事，希望你玩得开心。"

西西不禁埋怨起来："这个老 A 也不知道去哪儿了，还中国好闺

蜜呢，最后也不兜个底。"

"都欺负他四年了，最后一天就饶了他吧。你快去吧，别管我了。"

西西一脸感动，上前紧紧拥抱了邱樱子，临走，又把玫瑰花送给她，在她耳边说："希望你今天也开心。"

邱樱子看着男孩和西西一对璧人，让人赏心悦目，西西也回过头向她招手，幸福满满。独自一人的邱樱子正在犹豫要不要进入舞会，乔治向她走了过来。

乔治上下打量邱樱子："哦，你真美！"

"谢谢！"

"你的舞伴找到了吗？"

邱樱子露出腼腆的微笑，并没作答。

乔治遗憾地说："哦，No，我可不能让这么美丽的姑娘一个人参加舞会。May I？"乔治很是绅士地伸出手，邱樱子迟疑之时，乔治已经将她的手臂挽在了自己胳膊上，两人步入舞池。

53

老 A 穿着衬衫站在人群中，他的目光一直在人群中搜索着。当邱樱子和乔治有说有笑地出现在他视线里时，老 A 的脸上泛起了忧伤。

周游此刻拿着酒杯走到老 A 身旁，把绿色手机递给老 A："我的任务可算是完成了。"

两人碰杯，老 A 喝了一口酒。

周游发现老 A 还是单身一人："哥们儿，你精神的崇高在数字界和字母界都是亚军。"

老 A 听出周游在骂自己，没有任何回答，只是露出苦笑。

周游确实有些不明白："你做这么多，难道就没想让她知道？"

老 A 深沉地说："四年来，她从没喜欢过我，或许她知道了只会困惑为难。何必让她幻想破灭呢，留下点幸福回忆更好吧……她想要的真不是我这样的。"

"你怎么就知道不是你这样的？"

老 A 没有回答，只是将眼光看向别处。周游顺着老 A 的目光看过去，是乔治和邱樱子，邱樱子笔图加花。

老 A 没再说任何话，一个人往外走去，随手将手机扔进了冰桶里。

周游回身看老 A，老 A 已经消失在人群中。"唉——你简直就是个悲剧啊。"

54

日暮台阶广场，这里在早上的时候，曾引起了一场轰动。

此刻，月光将台阶上的碎片照射出别样的光彩。

老 A 独自走来，看着"邱樱子"三个字。

老 A 无声地独自起舞。

55

舞会的氛围已经越来越热烈，主持人刘婉喊麦："舞会正式开始！尽情舞动青春，飞扬起来吧！"

乔治向邱樱子做了一个古典的弯身邀舞的动作："Love understands love; it needs no talk.（相爱的心息息相通，无需用言语倾诉）May I？"

邱樱子有些犹豫，不知道该不该接受乔治的邀请。正在她举棋不定的时候，突然被旁边的人撞了一下。她回头一看，竟然是洗衣房阿姨和校工大爷。

只听见阿姨问大爷："说啥来着？"

"爱情很头痛，说啥都没用，蹦一曲呗。"

"你还真懂啊？人家也要做你的邱樱子嘛。"

"那不行，那不行……"大爷连连摆手，"让我跟那傻小子似的，拼一晚上告白字那玩意儿，胳膊都废了。哪儿还有力气跟你跳舞啊？"大爷说着将阿姨的手抬起，阿姨转起圈。

邱樱子当时就愣住了，她突然想起了什么：

早上碰面的时候，老 A 用右手将早餐递给她们。

老 A 微微颤抖的左手刚碰到咖啡便换了右手。

她掐了老 A 左臂一下，老 A 痛得直叫唤。

球扑腾了一下，奔向老 A。老 A 左手接球，但疼痛让他松开了球，他赶忙用右手将球抱回怀中。

邱樱子变得焦虑不安，找寻了一天的神秘人物，其实一直就守候在自己的身边。

"老 A……"

"你说什么？"乔治还在等着邱樱子的答复。

邱樱子对乔治说："对不起乔治，我找到我的舞伴了。"说完就焦急地蹬着高跟鞋转身离去。

乔治一脸茫然，再次问了一句："Why？"

56

老A在月光下独舞完毕。他抬眼望向四周，却是那样的静，空无一人。此刻拼的那颗心，有一块掉落了。老A俯身在台阶上，颤抖着左手拿起碎片，刚要去粘上，一个女人的手伸到了眼前。

老A眼前出现的人正是邱樱子，他又惊又喜。

碎片被邱樱子抓在手上，邱樱子用力地推了一下老A的左肩。

一阵钻心的疼痛感，老A有些忍不住，喊了一声："痛！"

邱樱子不依不饶，用手推着老A："为什么会痛！"放开再推，"为什么会痛？"放开再推，"为什么会痛？"

老A二话不说一把将邱樱子拥入怀中，深深地吻下。

月光下，是两人缠绵的身影。

老 A 慢慢将邱樱子放开，邱樱子的眼角滑下一滴泪，她温柔地问老 A："为什么会痛？"

老 A 俏皮地回答："拼了一晚上当然痛。"

邱樱子轻抚着老 A 的左臂："那现在呢？"

"我能请你跳一支舞吗？"

邱樱子将手摊开，手掌中正是那块掉落的碎片。

舞会已经进入高潮阶段。

邱樱子和老 A 携手加入人群之中，融入欢乐的舞池。

DJ 舞曲像洪水一下倾泻而出。啤酒和比基尼，乐队和吉他，扭动的人群，各种各样造型的毕业生融化在疯狂的音乐中。

青春的身体，Kiss and Dance ！

就在所有毕业生都疯狂地舞蹈、转圈儿时，有两个人与众不同。那就是胡多多和邓小余，两个人架好摄影机，蹑手蹑脚地走开，他们要记录下最精彩的时刻。

他们看到陈迈达和美女们跳得正欢，就抬着一个大桶悄悄地走到陈迈达的背后。

胡多多决定让兄弟享受一下做导演的乐趣，对邓小余说："这次你来喊 Action。"

邓小余发泄似的大喊："Action！"

说完，两人把一整桶冰一股脑儿扣在了陈迈达的头上。

58

这世界总在发生着无数的故事

这年代总在记录着不同的青春

但你那个

最好